がらくた屋と月の夜話

谷　瑞　恵

幻冬舎文庫

がらくた屋と月の夜話

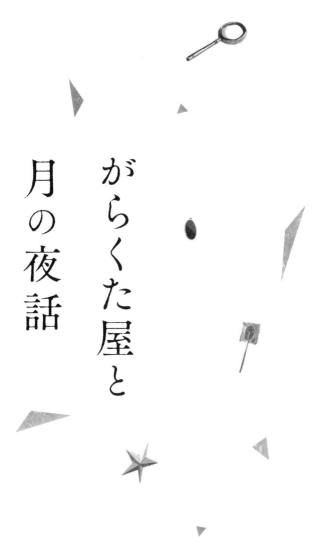

目次

一話
タイムテーブル

ベンチに座る老人の足元には、大きな革製のトランクがある。中身はガラクタばかりだが、通りかかる人に見せびらかすかのように、蓋が開いたままになっている。しかしそこは、道ばたではなく児童公園だ。夜の児童公園に人影はない。

満月の光だけが注ぐ公園で、トランクの中のガラクタは身じろぎもせずに人が来るのを待っている。青い薬ビン、壊れた秤《はかり》、片方だけの手袋、ひとつしかないチェスの駒、使い古された自分たちでも、もしかしたら再び必要とされるときがくるかもしれないと信じて、じっと待っている。

月夜の児童公園には、回転式ジャングルジムや背の低い鉄棒や、木製のシーソーなどわずかばかりの遊具があるが、どれも古びていて、トランクの中のものとそう変わらないガラクタにも見えるだろう。

ここには古いものしかない。だから、月の光もやさしい。汚れや傷が目立たないように、懐かしい姿形だけが浮かび上がるように、淡い光で包み込んでいる。

それらをおだやかな目で見つめていた老人は、ふと思いついたように、ガラクタの中から使い古された地球儀を取り上げ、上着の袖口で汚れをぬぐった。

色あせた地球儀も、今夜の月光のもとでは特別な骨董《こっとう》品のように堂々としていた。


ついてない人生、というのは確かにある。どちらかに振り分けるなら、おそらくついてないほうに属していると、山本つき子は常々思っていた。自分でそう気づいたのは数年前、就職で内定をもらったばかりの会社が倒産したときだ。

思えば、大学受験のときは当日に熱を出して失敗し、志望校に入れなかった。高校生のときは合唱コンクールでピアノを弾くために猛練習したのに、前日の体育で小指を骨折して晴れ舞台に上がることはできなかった。

そんなふうに、ことごとく華やかな場面とは縁のない日々を送っているつき子だが、その日もやはり、運がいいとはいえない一日だったのだ。

人数あわせで誘われた飲み会の帰りだった。そういう場での自分の役割はわかっている。盛り上げ役に徹して、色気は出さないこと。もともとそんなものはないし、自分自身、楽しく飲み食いできるのがいちばんだと思っている。

働きはじめて数年、そんなだから色恋とは縁なく過ごしているわけで、だとするとこれも、人生ついていないことの証拠だろうか。

そのうえ少々飲みすぎたからか、その夜、つき子は道に迷ってしまったのだ。

飲み会で、駅の裏通りにおいしい和菓子の店があると誰かが言っていた。鈴カステラが絶品だと聞き、つき子は耳をそばだてた。子供のころ好きだったなと懐かしく思い出したからだ。しばらく食べていないが、おいしい鈴カステラがあるならぜひ買ってみたい。

いつも使っている駅の近くらしいのだ。反対側の改札を出ればわかるだろうと、安易に考えて歩き出したものの、これといった案内板もなく、少し路地へ入り込んだらすっかり方角がわからなくなった。

もちろん、和菓子の店は見つからない。思いつきで行動するからだ。ついてない。

なんとなく空を見上げたら、大きな月が浮かんでいた。

月を見たのは何年ぶりだろう。通勤のために急ぎ足で行き来する雑踏では、上を見る余裕などなかった。人とぶつからないように、電車に乗り遅れないように、そんなことを考えてばかりで、空に月があるなんてことを忘れていたかもしれない。

すぐにビルの陰に隠れてしまいそうな月を、もっとよく見ようとして、低い屋根が連なるほうへと足を向ける。いっそついてないなら、とことん道に迷ってやる、なんて思ったのは、やはり酔っぱらっていたせいだろう。

線路の高架下をくぐったのはおぼえている。道は狭く入り組んでいて、駅前にあるはずのビル群はもう見あたらなくなっていた。空は広いが、思いがけず電線が網の目のように張り巡らされていて、景色がいいとはいえない。

それでも、ネオンやビルの光がなくなったぶん空は暗く、月はくっきりと輝いていた。じっと見ているとまぶしいほどだ。こんなに明るいものだったのだろうか。ほんの少し、ついてないという落ち込んだ気分も明るくなる。

けれど、つき子にとって災難な出来事はそれだけではなかったのだ。

そろそろ駅のほうへ戻ろうと考えながらも、道がわからないから、あてもなくふらふらと歩き出す。

狭い道に沿って、隙間なく建物が並んでいる。民家の前の植木は、ときどき道路にはみ出して、あたりは下町の雰囲気だ。小さな飲食店の看板がぽつぽつとあり、カラオケの歌声が漏れ聞こえていたり、町工場なのか機械が動くような音が絶え間なく耳に響く。二階建ての古いアパートや、いまだに営業しているらしい銭湯から漏れる明かりは、やけに青白く、なんだか過去へ迷い込んだかのようだった。

路地はふいに行き止まり、しかたなく引き返すが、どこからこの道へ入り込んだのかわからない。とりあえずと、突き当たりの角を曲がったときだ。道をふさがんばかりに横たわっていたものに、つき子はぶつかって転びそうになった。

すねを打った痛みをこらえながらも、足元のものを確認すると、ずいぶん大きなトランクだ。街灯の下、革製のトランクはやけに年季が入っていて、にぶい艶を放っていたが、あちこちすり切れて粗大ゴミのようにも見えた。

いや、そのときはまだ粗大ゴミだと思っていた。トランクはつき子に背を向ける形で蓋が開いていたが、回り込んで中を覗《のぞ》き込めば、ゴミでいっぱいになっていたのだ。

「おやおや、壊れてしまいましたかね」

突然、暗がりから声がして、飛び上がりそうになった。背の高い老人が、ゆっくりとトランクへ歩み寄り、だいじそうに蓋を撫《な》でた。

「すみません、つまずいてしまって……。でもトランクは無事みたいです」

「トランクではなくて、ほらこれが。取っ手が折れてしまいましたよ」

老人は、トランクの中から陶器の水差しを取り出した。確かに取っ手がはずれているが、つき子のせいで折れたものだろうか。その水差しは、注ぎ口や装飾の部分も欠けていて、大きくひびが入り、とっくに水差しとして役に立ちそうになくなったものに見えた。

「あの、これ、ゴミじゃないんですか？」

チェックの中折れ帽をかぶり、丸メガネに口髭《くちひげ》という老人は、大げさに首を振った。

「とんでもない。私の商売道具です」

「商売……ですか？」

「売り物なんですよ」

そう言われれば、つき子は頭を下げるしかない。

「ごめんなさい。あの、じゃあ、わたし弁償しますので……。これ、おいくらですか？」

「残念ながらお売りできません。あなたには、これの価値がおわかりにならないでしょう？」

「はあ」

確かにまったくわからない。

「ですから、そうですね、一日だけ手伝ってくれると助かりますね。歳のせいか、このごろ無理がきかなくて」

「手伝う？　ご商売をですか？」

「そうです。気が向いたら、明日の夜、ここへ来てください」

それだけ言うと、老人はトランクの蓋を閉じた。よっこいしょと持ち上げて、街灯の光が届かない暗い場所へと、消えるようにすいこまれていった。

つき子は暗いほうへ目を凝らした。目が慣れてくると、古いアパートと銭湯の隙間に、一軒家がはさまれているのがわかる。薄く開いた戸口は穴蔵のようだ。玄関だろう引き戸は、割れたガラスにガムテープが貼ってあり、その手前には道まであふれそうなほど雑多なものが積まれていた。

「ゴミ屋敷？」

つき子の話を聞いていた米村成美《よねむらなるみ》は、そこに反応して問う。つき子が、トランクの老人の家をそう表現したからだった。

「どう見てもそんな感じ。粗大ゴミや段ボールが玄関前をふさぎそうになってた」

オフィス街に近い駅前のカフェは、昼休みのサラリーマンやOLで混雑している。通りに面したカウンター席で、つき子は成美と待ち合わせて、一緒にランチをとっていた。成美は学生時代からの友人だ。彼女が勤める会計事務所と、つき子がどうにか事務職を得たビル管理の会社とが近くにあるため、ときどきこうして会っている。

制服姿のつき子とは違い、黒いスーツに身を包んだ成美は、いかにもできる女といったふうだ。つやつやしたストレートヘアも手を抜いていない。一方でつき子は、肩までのくせ毛をもてあましつつも、とくに手をかけてはいない。小学生のころから変わりばえしない髪型だ。ときどき自分でもどうかと思うが、それはともかく、成美が見かけだけでなく、しっかり者で頼りになるのは昔からだった。

「あやしい話よね。ぼろぼろの水差しが売り物って？　店の手伝いって大丈夫なの？　危険なんじゃない？　やめておけば？」

　このまま約束を破っても、とがめられることはないだろう。老人はつき子がどこの誰だか知らないのだ。けれど名前を訊かなかったのは、詫《わ》びたつき子を信用したのではないだろうか。口約束だけでもちゃんと手伝いに来ると、そう思われているのなら、約束を破るのは心苦しい。

「でも、危ない感じじゃなかったな。服装とか、身なりはきちんとしてて、言葉遣いも丁寧な人だったの」

「つき子はさ、そんなふうに隙だらけだから人に付け入られるのよ」

「え、付け入られてる？」

「そうよ。昔から、知らない人に声をかけられること多いでしょ？」

「道を訊かれるだけよ」

「それが多いっていうの」

郵便局はどこですか？　病院は？　バス停は？　自分がよく道を訊かれるのは自覚していた。みんなそういうものだと思っていたが、違うと知ったのは成美に指摘されてからだ。歩き方に目的がなさそうだから声をかけられるのだ、とは彼女の分析だ。

「道くらい、訊かれたっていいじゃない。親切そうに見えるってことよ」

「頼まれごともすぐ引き受けちゃうでしょ」

　確かに、頼まれごとはされやすいかもしれない。ちょっとお願い、と言われると、いやとは言えない。そうして結局、損なことを引き受けているところはある。

「昨日もさ、飲み会なんて断ればよかったのに。あきらかに人数あわせだったんでしょ？　そしたらその、変な老人に会うこともなかったわけじゃない？」

「飲み会は、まあ、おいしかったよ。料理が」

　つきちゃんがいると盛り上がるし、と言った同僚の希望通り、盛り上げ役に徹していた。場は盛り上がったようだったから、よかったと思っている。同僚たちは楽しそうにしてくれていたし、たぶん、役に立っている感じがするのは嫌いではないのだ。

「で、本当に手伝いに行く気？」

「じつはさ、昨日落とし物をしたの。老人のトランクにぶつかったときじゃないかなと思って。あのへんに落ちてるかもしれないし、昨日の老人にも訊いてみたいし」

「落とし物って、だいじなもの？」

「ん……、ちょっと高かったんだ」

「自分へのご褒美ってやつ？」

「まあね」

本当のところ、そんなかっこいいものじゃないけれど、つき子はごまかした。

☽

ついてないという流れは、まだ尾を引いていたようだ。その日は午後になって携帯電話に届いたメールがつき子を困惑させた。

〝昨日はどうも。よかったら、近々食事でもどうですか？〟

簡潔すぎて、相手の顔が見えてこない文面だったが、それ以前に、つき子はまったくその人の顔が思い出せなかった。弓原《ゆみはら》、と名乗っているメールの文字を穴が開くほど見つめても、横にしても逆さまにしても、つき子の記憶にはない名前だ。しかし、昨日の飲み会にいた人なのは間違いなく、よく考えてみると、そこにいた男性の名前や顔を誰ひとり思い出せないことに愕然《がくぜん》とした。

かすかにおぼえているのは、集まった男性陣がみんな公務員だと言っていたことくらいだ。どんな人かわからないのに、食事の約束をする気にはなれない。いくら隙だらけの自分でも、ほいほいと出かけていくものではないことくらい承知している。何よりつき子は、今のところ恋愛をする気がない。何をするにも不器用で、間の悪い自分が、恋などしたらろくなことにならないだろう。

そう、浮かれた気分になったりしたらろくな結果にならないというのが、これまでの人生で得た教訓だった。とくに、異性に関しての失敗が目立っている。

中学生のとき、つき子に気があるかのように振る舞う男の子は、親しくなるとたいてい、友達が目当てだったと判明した。高校生のとき、はじめて告白されてつきあうことになった男の子には、ある日突然、「なんか違う」と言われてふられた。その後も似たり寄ったりだ。だからメールのことも、あやしいDMでも開いてしまったような気さえして、頭から追い出すことにしたのだ。

しかしそれからも、いろいろと困惑する出来事は続いた。

定時で仕事を終えたつき子は、約束通り駅裏へと向かうことにしたのだが、昨日は酔っていたため、道順がよく思い出せなかった。目印になりそうな銭湯をさがして歩いていくが、古い建物と狭い道はどこもかしこも似通っていて、何度も同じところをぐるぐるとまわった。

高校らしい校門の前を通ったのは三度目だ。

だんだんと、昨日の老人や狭間の家は、本当に存在しているのだろうかと思えてくる。酔っぱらって幻を見ていたなんてことはないだろうか。

いや、昨日トランクに打ちつけたすねは、今朝大きな青あざになっていたのだから、すべては間違いなく現実だったはずだ。思い直して、つき子はちょうど通りかかった人を呼び止めた。コンビニの袋を提げていたし、近所の人だろうと思ったのだ。

「銭湯？　あれだよ」

よく見ると作業着姿だったから、仕事中の人だったのかもしれないが、土地勘はあったようだ。その若い男は、上のほうを指差した。つられて見上げると、昨日とそう変わらないように見えるまるい月が、黒い影になった煙突に引っかかっていた。低い家並みが多いので、煙突はなかなか目立つ。あれなら迷うことはなさそうだと思いながら、つき子は頭を下げた。

「ありがとうございます」

「今日は休みだよ、銭湯」

「あ、隣の家をさがしてたので、大丈夫です」

隣？　と彼は急に怪訝《けげん》そうになった。

「まさか、あのゴミ屋敷じゃないだろうな」

「知ってるんですか？　そこの老人に用がありまして」

「ガラクタ屋の？」

「あ、ガラクタ屋さんなんですか」

それでゴミみたいなものがトランクに詰め込まれていたのか、と納得していいのかどうかわからずに、つき子は首を傾《かし》げた。

ガラクタ屋という商売は普通にあるのだろうか。ものにあふれた現代で、ガラクタが商品として成立するのだろうか。ますます疑問が頭に浮かぶ。

「ガラクタ屋に何の用なんだ？」

男は、つき子を上から下までじっと見た。いかにもＯＬといった若い女と、老人のガラクタ屋は結びつかなかったのだろうか。

親切なのか失礼なのかよくわからない彼は、初対面なのにやけにくだけた口調だ。とはいえ、誰彼となく気安く話しかけられるのは、つき子にはよくあることだった。

「ええちょっと、手伝いを頼まれまして。今日だけなんですが」

彼は、今度は眉間にしわを寄せた。

「ふーん、ああいうものに興味あるんだ」

「興味というわけでは」

なぜ、道を訊いただけの人とこんな話をしているのだろう。不思議に思うが、彼はまた問う。

「トランク、見なかった？」

「古くて大きなやつですか？　ガラクタがたくさん入ってましたけど」

「あんたさあ、あれに入りそうだよな。詰め込まれて連れ去られないよう気をつけたほうがいいぞ」

まさか、と思いながらも、急に不安になってくる。トランクは、小柄な女なら入れそうな大きさだった。人通りも少ない路地裏で、ガラクタを売る老人の目的は、本当は人さらい？

「あの、もしかしてそういう噂《うわさ》でも？」

うろたえるつき子をじっと見て、彼は急に笑い出した。

「なあ、だまされやすいタチじゃない？」

くすくす笑いながら、男は去っていった。

からかわれたと、だんだん理解するとともにむかついてくる。昨日から妙なことばかりだ。鈴カステラの店が見つからないばかりか、そもそも駅の裏側へ来たのが間違いだったのだ。

早くここから抜け出したほうがいいのではないか。

ガラクタ屋の手伝いなんてやめて、帰ろうか。悩んだまま突っ立っていたとき、背後から声がした。

「おや、道に迷いましたか」

チェックの帽子をかぶった、昨日の老人が立っていた。

「こちらですよ」

と手招きする。

「……すみません」

結局ついていくことになっていたが、落とし物をさがさなければならないのだから、どのみちこのまま帰るわけにはいかなかった。

老人について歩き、ふたつほど角を曲がると、煙突が間近に見えてくる。その隣にある間口の狭い民家に、老人はさっさと入っていった。

家の中は、昨日とは違い明かりがともっている。戸口から漏れる光は、玄関前の段ボールや粗大ゴミを目立たせ、さらに異様な感じがする。そこには折れたトーテムポールや壊れた窓枠や、クローゼットの扉みたいなものまであった。

道ばたに突っ立って、ぼんやりと眺めていると、古い家そのものまでガラクタのように見えてくる。格子の入った引き戸も、蛍光灯のランプを飾る透かしの金具も、ゆがんだ屋根瓦も、うち捨てられて朽ちるのを待っているかのようだ。伸び放題の植え込みだけが生き生きとして、ますます廃墟《はいきょ》じみている。両隣にせまる銭湯もアパートも年季が入っているが、それ以上にここは、降り積もった時間に押しつぶされてしまいそうだった。

「そこの段ボールから、陶器やガラスを取り出して、こちらの箱へ入れてもらえますか。隙間に新聞紙を詰めてくださいね」

再び戸口へ現れ、老人はつき子を手招きした。彼が指差した段ボールを開くと、やはりというかガラクタが詰め込まれていた。

欠けたティーカップ、ぼろぼろの本、錆《さ》び付いた錠前にペンチ、どこの誰だかわからない人物が写ったセピア色の写真や、色あせたテーブルクロス、とにかくゴミにしか見えないものばかりだ。

けれど、こんな場所へ引き寄せられた自分も、ガラクタみたいなものではないだろうか。ひとつひとつ取り出し、壊れ物とそうでないものとを仕分けしながらふと思う。動かないラジコンカー、耳が取れたぬいぐるみ、そんなふうに、自分もどこか壊れていて、もう新品じゃない。

「あの、昨日わたし、落とし物をしたんですけど、このへんに指輪は落ちてなかったでしょうか？」

つき子は立ち上がり、建物の中にいる老人に向かって声をかけた。何のためにここへ来たのか、自分に言い聞かせることで妙な考えを追い払いたかった。

「さあ、気づきませんでしたね。持ち主を待っている落とし物なら、ここにもたくさんありますけどね」

声だけが返ってくる。

ここにあるものに、持ち主なんているのだろうか。見回して、つき子はため息をつく。

「そういえば、家の前に落ちていたからここのだろうと、知人が何やら投げ込んでいきましたけど。……指輪ではなくて、ネックレス、と言っていたような」

「それ！　ネックレスのチェーンに指輪が通してありませんでした？　サファイアの指輪なんです」

「ちょっとわかりませんね」

「さがしてもいいですか？」

「どうぞ。懐中電灯を貸しましょうか？」

明るいのは街灯の下くらいだ。ここも、玄関のランプひとつしかなく、少し視線を動かせば暗がりに包まれている。

「やっぱり、明るい時間に来てみます」

まったく、落とし物をさがすなら夜は不向きだと気づかなかった自分にあきれる。しかし昼間でも、指輪を見つけるのは至難の業だろう。ガラクタだらけのそのへんをかき分けなければならないのだ。うんざりするが、ここにあるのが確かなら、さがすしかない。

「では行きましょうか」

再び外へ出てきた老人は、つき子がまだ段ボールのものを仕分けしているにもかかわらずそう言った。

「今度はこちらを手伝ってください」

段ボールのそばに置いてあったトランクを、「よいしょっ」という掛け声とともに持ち上げる。

「あの、どこへ行くんですか？」

「売りに行くんですよ」

歩いたのは十分くらいだった。小さな児童公園へ、老人は入っていった。

古い長屋が並ぶ一画に、いびつな形の空き地があり、シーソーや鉄棒が黄色っぽい街灯に浮かび上がっている。回転式ジャングルジムの前にトランクを置くと、老人は商品を陳列するかのように中のものを見栄えよく整える。とはいえもともとガラクタだから、やっぱりゴミを並べたようにしか見えない。

「わたしは何をすればいいんでしょうか」

「商品を物色するふりをお願いします」

「サクラですか？」

「まあそうです」

確かに、先客がいたほうが通行人が足を止めやすいだろうけれど、そもそも通行人らしき影もない児童公園だ。道路のほうへ視線を動かすが、通りかかる人さえまれなのではないだろうか。少なくとも今は誰もいない。

それでも老人は、悠長に座り込んで、ポケットから棒つきキャンディーを取り出した。

「あなたもいかがですか？」

「いえ、わたしは」

「そうですか」

それからは、ずいぶん静かな時間になった。

こんなに静かな場所が、都会にあるとは知らなかった。つき子の自宅マンションでは、夜中でも近くの道路を通る車が絶えず、何かしら雑音が聞こえている。そういうものだと思っていたから、そよ風の音だけが聞こえる静けさは、やわらかな膜に包まれているかのように感じられ、不思議な安心感をもたらした。

　トランクの前に座ったまま視線を上げると、青い回転式ジャングルジムが大きな地球儀みたいに見えた。その上方には、同じように球形の月が浮かんでいる。公園の上は電線がなく、月だけがある。その光が明るいせいか、星は見えない。

　月と地球とガラクタ売り。つき子の目には、想像したこともない情景が映っている。現実離れしていると思えば、最初の戸惑いも、自分の落とし物のことも忘れ、好奇心でいっぱいになっていた。

　なぜここで老人は、ガラクタの露店を開くのだろう。なぜ夜なのだろう。本当に買いに来る人がいるのだろうか。

　道のほうから足音が聞こえてくるたびに、なんとなく緊張した。サクラらしく振る舞おうと、ガラクタを手に取ってみたりする。せめてひとりくらいお客さんが来てくれればいいのにと思うが、足音は遠ざかる。

　また静寂が訪れる。

「聞こえますか？」

　ふと老人が言った。正面に顔を向けて目を閉じていた。

「ものたちの語る言葉が」

「もの、ですか？　このガラクタ……いえ、商品が語るんですか？」

「聞こえるんですよ。月の明るい夜は、これらが語り出す。私は、静かに耳をすますんです。きちんと聞き取ってやらないとね。だいじな売り物ですから」

月の光が、トランクの中に降り注いでいる。児童公園は、道路沿いに街灯があるだけで、中のほうは本来明かりが届かない暗さだ。しかし今夜は月が明るいため、砂場もジャングルジムもやさしい陰影をまとっている。同じように、トランクのものたちも淡い光を帯びている。

陶器のドアノブも、ひびの入った虫眼鏡も、薄汚れたフランス人形も、過去の遺跡から掘り出された出土品みたいに、貴重なものに見えてくるのはどうしてだろう。

つき子は耳をすました。言葉は聞こえなかったが、老人がどんな言葉を聞いたのか、知りたいような気がしていた。

彼には本当に、ガラクタたちの言葉が聞こえるのではないだろうか。


けれど現実には、夢みたいなことは起こらない。あらためてそう思うことになったのは、つき子に届いた男性からのメールに、バカバカしい落ちがついたからだ。

ノリちゃんという後輩が、あの日、弓原という男に連絡先を訊かれ、断りづらくてつき子のメールアドレスを教えてしまったというのだ。だとすると、彼はノリちゃんを誘うつもりだったことになる。

人づてにその話を聞き、返事をしなくてよかったとだけつき子は思った。もし会う約束なんかしてしまっていたら、バカを見るところだった。

返事をするつもりもなかったくせに、数時間は落ち込んだ。なんだかんだ言って、自分を気に入ってくれた人がいるかもしれないというだけで、気分が舞い上がっていたのだろう。いけないいけない。浮かれちゃいけない。それを忘れないためにも、あの指輪が必要だ。

あらためて決意したつき子は、休日を待って、まだ明るいうちにガラクタ屋を訪れた。薄く開いている戸口を覗き込む。中は薄暗い。声をかけるが、返事はない。

留守なのだろうか。おじゃまします、と数歩足を踏み入れ、奥のほうに目を凝らす。こぢんまりとした空間だが、店舗なのか倉庫なのか、板張りで間仕切りもなく、棚の中はもちろん、天井との隙間まであらゆるものが詰め込まれていた。

「あのう、すみません、どなたかいらっしゃいませんか？」

そのとき、どこか片隅で物音がした。見回すつき子の視線の先で、段ボールの奥に隠れていたドアが開く。現れたのは、作業着姿の男だった。

「留守だよ。誰もいない」

つき子には見覚えがあった。このあいだ、近くで道を訊いたあの男だ。なぜここにいるのだろう。

そういえば彼は、ここの老人を知っているかのような口振りだった。トランクに詰め込まれるだなんて、ふざけたことを言ったのだ。

「あんた、また来たのか？　こんなところに興味があるなんて、物好きだな」

「落とし物をしたんです。それで……」

「ジジイのところで落とし物？　そんなの、もし見つけたらあいつがポケットに突っ込んでるよ。目についたゴミを片っ端から拾ってくるんだからな」

「あのう、あなたはここの人なんですか？」

「そんなわけないだろ」

そう言った男の手に、ナイフが握られているのに気づき、つき子は硬直した。

「ど、泥棒……？」

後ずさろうとするが、足が動かない。

「あ？　これか。ガラクタ屋にしちゃ掘り出し物だよな。水牛の持ち手だし装飾もいい。そこそこな値で売れるんじゃないか？」

見せびらかすように歩み寄られ、つき子はますます青くなった。

男はこちらに手を伸ばす。悲鳴を上げそうになったつき子が戸棚にへばりつくと、「どいてくれない？」とすごむ。いや、にっこり笑ったのだが、なおさら怖くてうろたえる。

こちらに伸びた手は、つき子の背後にあった引き出しを開けた。中にあった数枚の紙幣をつかみ出すと、それをポケットにねじ込んで、彼はさっと背を向ける。ナイフはその場に放り出して、足早に行ってしまった。

後ろ姿が見えなくなったところで、つき子はへなへなとその場に座り込んだ。

「おや、お嬢さん、どうしました？」

声をかけられるまで、数分はあっただろうか。はっとして顔を上げると、ガラクタ屋の老人がつき子を覗き込んでいた。

「あっ、あの、さっき泥棒が！　ナイフを持ってて……」

あわてて言うが、老人は驚く様子もなく床に落ちているナイフを拾った。

「これ、どこにしまったかわからなくなっていたんですよ。出てきてよかった」

「そこの引き出しから、お金を盗んでいったんです！」

「作業着の若いのじゃないですか？　ひょろりと背が高くて、ギョロッとした目の」

「そ、そうです。常習犯ですか？」

「いいんですよ。彼に渡すお金ですから」

あまりに冷静なので、つき子の頭も一気に冷えた。

「……じゃあ、あの人借金取りとか……？」

「いや、まあ、そんなところです」

やっぱりさっきの男はこの老人と知り合いだったのだ。そうとわかれば、泥棒とあせった自分が恥ずかしくなる。むしろ、老人にとってあやしい侵入者はつき子のほうではないだろうか。

「すみません、勝手に入ってしまって」

急いで頭を下げると、老人は微笑《ほほえ》んだ。

「気になさらずに。めったに鍵をかけないものですから。落とし物は見つかりましたか？」

「いえ、まだ……」

うつむくつき子に、やはり老人は微笑みながら言う。

「もしそれが、あなたに未練があるなら戻ってくるでしょう」

「……未練がなかったら」

「お別れのときだということではないでしょうか」

まるで、ものが持ち主を選ぶかのようではないか。

不思議な老人だ。夜ごと彼が持ち運ぶトランクは、戸口のそばに置いてある。堂々とした存在感は、老人の相棒みたいだった。

その夜、友達と食事をした帰り道に、つき子は遠回りして児童公園の前を通りかかった。回転式ジャングルジムの手前に、大きなトランクを置いた老人がいた。欠けはじめた月は、それでもまだまるい。

通り過ぎるつもりだったが、思わず足を止めた。トランクの前に座る客の姿が、公園の外からちらりと見えたからだ。このあいだはひとりも足を止める者がいなかっただけに、気になったつき子は電柱に寄りかかり、そっと様子をうかがう。

女性だった。まさか、先日のつき子みたいなサクラだったりするのだろうか。それにしては、トランクの中を物色する彼女は真剣な目をしている。

何をさがしているのだろう。きっと、ガラクタの山の中に、自分のほしいものがあると信じている。

きれいな人だと思った。若くはないが、落ち着いた感じのする美人だ。整った横顔は、かすかに笑みをたたえている。きらきらと瞳を輝かせて、そこに宝物がいっぱいつまっているのを眺めているかのようだった。

その日以来、女性のことが頭を離れなかった。彼女が、老人と同じ目を持っていて、同じものを見ていると感じたからだろうか。

老人の見ている世界は、たぶん現実の世界とは少しだけずれている。月光の下で、つき子はこのあいだ、かすかにその片鱗《へんりん》を見ていた。

そこは、つき子のいる場所とは価値の違う世界だ。ゴミでしかなかったものたちが、月の光を帯びて、宝石のように輝き出すところだった。

でも、あのときだけは美しく見えたものも、日常の昼間に持ち出せば、ただのガラクタに戻ってしまうだろう。ガラクタを宝石だと主張しても、きっと誰も信じてくれない。笑いものになるだけだ。

それともあの女性だけは、違うと言うだろうか。

その人は、数日後、再びつき子の目の前に現れた。駅前のカフェに、仕事帰りに立ち寄ったときだ。いや、ガラス張りのカウンター席に彼女を見つけたから、つき子はカフェへ入ったのだ。

　コーヒーを買って、まっすぐその人の隣に陣取った。ちょうど混雑していたから、隣に座っても不自然ではなかっただろう。

　印象に残っている横顔は、このあいだとは違い、少し沈んでいるように見えたが、整った顔立ちはやはり目を引く。彼女はなぜガラクタなんかに興味を持っていたのだろう。あの日、トランクの中に、さがしていた何かを見つけることができたのだろうか。

　様子をうかがっていると、女性はバッグから本を取り出した。表紙をじっと眺め、頬杖《ほおづえ》をつきつつガラス張りの店外へ視線を向ける。表情はおだやかで、ガラスの向こうの風景でもなく、そこに映る店内でもなく、ガラスと外とのわずかな隙間にあるのかもしれない別の世界を眺めているかのようだった。

　もしかしたら、つき子には見えない老人と同じ世界を、彼女はここでも眺めている。気がつけばつき子は、彼女のほうへ身を乗り出していた。

「あの、すみません」

「はい？」

　振り向きながら反射的ににっこりと微笑むのは、そういった職業なのだろうか。見知らぬ人に声をかけられるのにも慣れている様子だったが、つき子の次の言葉は彼女にとって想像していないものだったに違いない。

「このあいだ、ガラクタ屋さんのトランクを覗いてましたよね。駅の裏手にある児童公園で」

驚いたように、その人は目をしばたたかせた。

「突然ですみません。それで、あの……、トランクひとつのガラクタ屋なんて、すごく不思議じゃないですか。それも、夜の公園でひっそり店を開くなんて。このあいだ、あなたが熱心に見てらっしゃったから気になって、声をかけてしまいました」

「ああ、あのお店ですか。そんなに不思議ですか？　普通の露天商だと思ったんですけど」

露天商だとしても、普通だとはつき子には思えない。

「ガラクタを買おうと思って見てたんですか？　わたしはじめて見ましたけど、あんなふうなガラクタ屋って他にもあるものなんですか？」

疑問をたたみかけるつき子に、彼女はくすりと笑った。けっして迷惑そうではなかったから、誰かに話したい気持ちだったのではないだろうか。事実彼女は、それからあの夜のことを長々とつき子に話すことになったのだ。

「ガラクタっていうか、あれはブロカントのお店でしょう？　わたし、そういうの好きだから、目についてしまって」

「ブロカント……？」

「一種の古物商？　フランス語で〝美しいガラクタ〟っていう意味らしいんですけど、ヨーロッパの蚤《のみ》の市とかでもブロカントを扱ってるお店はよく見かけますよ。この市内にも何軒かありますけど。昔の雑貨とか、使い古したものなんかを扱ってて、美術品みたいな価値はない量産品ばかりなんですけど、新品にはない味わいがあったり、前の持ち主の痕跡があったり、眺めるだけでも楽しくてわくわくするんです」

そういうジャンルの商売があるとは知らなかった。しかしまだ、つき子は首を傾げている。あのトランクの中身が売り物になるとは、どうしても信じられない。

「錆びたペンチにもわくわくするんですか？」

トランクの中身を思い出して、つき子は言った。

「あ、それね、トランクのお店にあったのは、昔の歯医者さんが使ってたものらしいですよ」

歯医者？　と聞くと同時にぞくりとした。ただの古いペンチには何も感じなかったのに、グロテスクでノスタルジックなイメージが、錆び付いた道具に不意にまとわりつく。恐怖心か好奇心か、奇妙な感覚が芽生える。不思議に思いながら、つき子は彼女の言葉に聞き入った。

「いろんなこと想像しちゃいますよね。あれで誰の歯を抜いたのかなって。今と違って、いろいろ大変だっただろうなとか。よくある日常的な道具なのに、年月を経たものには非日常的な何かがまとわりついていて、落ち着かない気持ちにさせられる。だからブロカントはおもしろいんです」

そう言って、テーブルに置いた本を指先でそっとなぞった。

すり切れた表紙も、何度もめくられてよれたページの隅も、ずいぶん年季が入っている。英語の文字だけが並んだそっけない表紙デザインも、使い込まれた跡とともに、古めかしさを主張していた。

「もしかしてそれ、あのとき買ったんですか？」

「ええ、これね、トーマス・クック社の時刻表。一九二九年版」

百年近く前のものだ。時刻表なんて、去年のものでもまずゴミだ。なのに、百年も前だと思うと、別の価値があるような気がしてくるのはどうしてだろう。

「どこの国の時刻表ですか？」

「世界中の。当時はイギリスの会社だったけど、世界中の鉄道や船の時刻表が載ってるんです。旅行者にとっては、欠かせないバイブルみたいなものだったんでしょうね。何度も開いて、大事なところに線を入れて、書き込みもして、旅に出た誰かの痕跡が、しっかり残ってるんですよ」

「トーマス・クックって、トラベラーズチェックの会社ですか？　聞いたことがあります」

「ええそう。今じゃクレジットカードが普及してるから、現金を持ち歩かなくても海外で買い物ができるけど、以前はそうはいかなかったでしょう？　あなたは……若いからトラベラーズチェックなんて使ったことないかもしれないけど、わたし、十八で留学したときに持っていってました。現金は盗まれたりなくしたりしたらおしまいだけど、チェックなら手続きすれば再発行してもらえる。そういう仕組みを十九世紀から旅行者に提供していたのがトーマス・クック。世界ではじめてパックツアーを売り出した会社だし、時刻表は今でも毎年出てるんです」

「へえ、詳しいんですね」

　つき子が感心すると、彼女は屈託なく笑った。

「あはは、ぜんぶブロカント屋のおじさんからの受け売り。わたしも、トラベラーズチェックを知ってただけなんです」

「でも、旅行が好きなんですよね。それでこれを？」

　少し考え込んだ彼女の、整った眉のあいだに、かすかに苦しげな色が浮かんだが、本の表紙をまた撫でると同時にそれは消え去る。

「旅行なんて、もう何年も行ってなくて。たぶん、好きってほどじゃないんだと思います。だから……、この本がほしかったわけじゃなくて、物語を買ったんです。物語が気に入ったから」

「物語、ですか？」

「あのブロカント屋さんは、モノを売ってるんじゃないんですって。売ってるのは物語だそうですよ」

ガラクタ屋、ではなくブロカントの価値をようやく理解しかけたところなのに、つき子はさらに謎に包まれた。

「どんな、物語なんです？」

それを問うことは、彼女が買ったものなのに失礼になるのだろうか。よくわからないまま、好奇心には勝てずに問う。

「ガラクタが、語る物語。聞いてくれます？」

さらりとそう言ってくれたことに安堵《あんど》し、つき子は大きく頷《うなず》いた。

わたしは、トーマス・クック社のタイムテーブルです。一九二九年にイギリスで生まれました。ウォータールー駅の売店でわたしを買ったのは、黒い喪服に身を包んだ未亡人でした。夫を亡くした彼女は、まだ三十代でしたが、子供もなくひとりきりでした。愛する人を失った淋《さび》しさに泣き暮らすばかり。裕福な商家で生まれ育った彼女は、箱入り娘で、いつでも父親に、結婚をしてからは夫に守られ、言う通りにして過ごしてきたものですから、これからどうしていいかわからなくなったのです。

周囲は再婚を勧めました。しかし彼女は、そんな気持ちになれませんでした。自分の人生も終わったかのようで、何に対しても前向きになれなかったのです。

涙も涸《か》れた彼女がすることといえば、ひそかにわたしのページを繰り、遠い異国に心を馳《は》せることでした。亡夫は元軍人で、独身のころ世界中の国々を旅したことがあったので、異国のめずらしい風景や人々の暮らしを、彼女によく語り聞かせてくれたものでした。

いつかふたりで、世界一周をしようとも言っておりました。

わたしの中には、彼女が夫から聞かされた数々の国や町の名があり、どうすればそこへ行けるのかが書いてあります。わたしのページを隅々まで眺めながら、彼女は心の中で列車や船を乗り継ぎ、夫との旅を空想しました。

やがて彼女は気づきました。わたしに記された鉄道や船舶は、空想の存在ではなく、現実にあるのです。そこに書かれた時間通りに、人々を乗せて駅や港を出ていきます。それに乗りさえすれば、誰でも、好きな場所へ行くことができるのです。

花の都パリ、ローマの遺跡、地中海を渡ってアフリカへ。灼熱《しゃくねつ》の砂漠、巨大なスエズ運河、宝石の島セイロン、熱帯のジャングルや、エキゾチックな東洋の国々。広大な太平洋、オーストラリアやアメリカ大陸。旅路は果てしなく、地球を何周しても飽き足らないことでしょう。

それほど世界は広いのだから、どこかに夫がいるのではないか。死が別の世界へと行くことなら、それが異国でも同じことだと、彼女は思うようになりました。

会えないのは遠く離れてしまったから。それが天国でも、地の果てにある国でも、彼女がここにとどまっている限り、夫に会うことはできないのです。

だったら会いに行けばいい。いつかきっと、それが人生の果てだとしても、どこかで再会できるだろう。

そうして彼女は、わずかばかりの荷物とともに、わたしのページに書かれた列車に乗り込んだのでした。

わたしと彼女は、ひとつでした。旅の目的も、苦労も、歓《よろこ》びも共有しました。

インドで熱病に罹《かか》ったとき、彼女の枕元でわたしは励ましました。ここはまだ目的地じゃない。次の場所へ行くのよと。そうね、と彼女は頷きました。

ジャワの港で強盗にあったときも、わたしたちは離ればなれになることはありませんでした。

太平洋で時化《しけ》に遭い、今にも船が沈みそうだったときは、わたしたちはともに神に祈りました。

長い旅のあちこちで、わたしたちはたくさんの人に出会い、たくさんの経験をしました。親切な人も、そうでない人もいました。女ひとり旅の彼女は、めずらしがられたり奇異な目で見られることもありましたが、率直で正義感の強い彼女を好意的に見て、応援してくれる人も少なくありませんでした。

ゆっくりと、彼女は笑顔を取り戻していきました。以前のはつらつとした魂が、老いたというにはまだ早い肉体に、力を満たしていくのがわかりました。

彼女は、新たな友を得ました、過酷な旅路をともにした友人たちとは、通常とは違う強い絆《きずな》で結びついていました。もしかしたらわたし以上に、彼女にとって心を開ける、そして頼れる人がいたのかもしれません。

あるとき彼女は言いました。

あなたのおかげで、旅に出ることができた。これまで知らなかったことを知ることができた。夫がもう、この世にはいないこと。自分はまだ生きていて、生かされていて、それには意味があることを知った。

あなたがいてくれてよかった。ありがとう。

サンフランシスコの港に着いた朝、彼女は船室のデスクにわたしを残したまま、船を降りていきました。

タイムテーブルがなくても、彼女は自分で進めるようになったのです。時計を確かめることもなく、スムーズな乗り継ぎを考えることもなく、行き先すらわからない列車に乗り込み、見知らぬ町へ行くことができる。そこは、彼女の夫も行ったことがない場所かもしれない。だとしたら、夫の魂はそこにはいない。それでも彼女は、これからは、自分の気が向くままに進んでいくのでしょう。

わたしたちはもう、ひとつではありません。二度と巡り会うことはないでしょう。でもわたしは、幸せです。

彼女がわたしを必要とし、ささえにしてくれたことは、紛れもない事実でした。

人には、タイムテーブルが必要なときと、それに縛られずにいたいときと、ふたつの旅路があるのだと思います。

思いがけないことが起きて、混乱し、不安になるとき、わたしは人に寄り添えるでしょう。決められた時間と目的地とを知ることで、安心して旅ができるようにする、それがわたしの役割です。

やがて旅にも慣れ、心が落ち着いたなら、思うがままに進みたくなることもあるでしょう。それまでが、わたしの役割。

年月とともに、わたしの中の情報は意味を失っていきます。すでにいくつもの国名が変わり、情勢が変わり、鉄道も航路も大きく変わってしまいました。

もう、わたしが誰かの役に立つことはないのかもしれません。でも、これまでにいくつもの旅を経験してきました。今もまだ、わたしがこの地上にあることは奇蹟《きせき》だと感じています。その奇蹟は、わたし自身のものではなく、わたしの持ち主だった人が皆、目的地にたどり着いた人もたどり着かなかった人も、わたしとの旅をかけがえのないものだと感じてくれたからこそ起こり得た奇蹟です。

だからわたしは信じられるのでしょう。誰かがまた、わたしを必要としてくれるときがくるに違いないと。

時刻表を買った彼女の名をつき子が知ったのは、それから数日後、ある雑誌の記事でだった。成美が持っていた雑誌に、フリーになって活躍中の人気女性キャスターとして載っていた。

晴れ晴れとした笑顔の写真は、紛れもなく彼女だったが、つき子にブロカントの話をした彼女は、笑顔の中にもかすかに憂いがあった。

「この人、駅前のカフェで会ったことがあるよ」

へえ、と言いつつ、成美はビールをのどに流し込む。混雑した居酒屋は、がやがやとうるさい。

「近くにテレビ局があるもんね」

「テレビによく出てるの？」

「つき子、知らないの？　朝の情報番組に毎日出てたよ」

「そうなんだ。わたしテレビはドラマくらいしか見ないから。だけど、きれいな人よね。感じもいいし」

「うん、仕事もよくできるって評判らしいし、チャレンジ精神が旺盛で、働く女性からも人気だそうよ。ちゃんとキャリアや実力で評価されてる人だから、わたしもちょっとあこがれるもん」

テレビでの彼女を知らなくても、わかる気がしてつき子は頷いた。

「でもね、しばらく仕事休むんだって。もったいないな。これからってときなのに」

「えっ、そうなの？　どうして？」

「病気らしいよ。腫瘍が見つかって、治療に専念するとか」

そうだったのか。納得すると同時に、彼女の、かすかにつらそうな表情が思い浮かんだ。

そんなことがあったから、見ず知らずのつき子に、ガラクタ屋の老人を知っていたというだけの縁で、タイムテーブルの話をしたのだろうか。

彼女は誰かと、あの物語を共有したかったのだ。ただの作り話だと笑わない誰かと。

『ブロカント屋のおじさんは、この時刻表が語った話だと言うんですよ』

このあいだ、話し終えた後に彼女は、つき子にそんなことを言った。

聞こえますか？　ものたちの語る声が。老人が言っていたことをつき子は思い出した。

『それ、信じてますか？』

『信じてます』

　彼女はきっぱりとそう言ったのだ。

『ううん、信じたほうが楽しい、かな。余白の書き込みを見てると、わたしにも、これが語る物語が聞こえるような気がします。日付とその日の天気、砂嵐にまいったとか、病気に罹ったこととか、この時刻表に書き込まれた言葉はごく短いのに、そのときの状況がすごくリアルに目に浮かびます』

　ページを繰る彼女は、本当に楽しそうに見えた。

『サンフランシスコからの、列車も船もマークがないんです。おもしろいでしょう？』

　そこで未亡人との旅が終わったからだろうか。このタイムテーブルは、確かに未亡人との旅を記憶している。そのときの話を語ったとしても不思議はないと思えてくる。

『人の手を経たものって、案外饒舌《じょうぜつ》なのかもしれませんね。それに、とてもあたたかいんです』

　手のひらをタイムテーブルに置いて目を閉じた彼女は、その息づかいや体温を、本当に感じているかのようだった。

「でさ、……聞いてる？　つき子」

ほんの少し上の空になっていた。あわててつき子は成美に相づちを打つ。

「あ、うん、で、彼女のインタビューが……？」

「そう。このあいだ、テレビのインタビューでさ、彼女、明るく話してたな。ちゃんと治療すれば大丈夫って言われてるって。だから、これも仕事だと思って治療に取り組むって」

ほっとした。彼女ならきっと、晴れ晴れとした笑顔を取り戻せるだろう。

「そっか。よかった」

「大変だろうけどね」

「うん」

それでも彼女は、突然突きつけられた課題をこなそうと決めたのだ。

これまではたぶん、自由に、自分の心のままに冒険を続け、成功した人なのだろう。けれど、ときには、タイムテーブルが必要な旅もあるのなら。

しばらくのあいだ彼女は、決まった列車に乗り、決まった道順を歩むことにした。そうすることで、必ず目的地に着けるなら、いちばんいいルートに従うべきだと決めた。

彼女にとっては、思い通りに突き進めないのはもどかしく、自分の不運を呪ったことだろうけれど、古いタイムテーブルは、かつての未亡人にそうしたように、新しい持ち主を勇気づけた。

外へ出る勇気のなかった女性を、安心して旅行ができると連れ出した古い時刻表、今度は、決まった旅の苦手な女性が、思いがけない出来事で迷子になっているところに遭遇し、また手をさし伸べたのだ。

それが語った物語は、予定通りの旅も悪くはないと、おだやかに諭した。

少しのあいだ、わたしを信じて。一緒に歩いて。そうすれば、ちゃんと目的地へ連れていってあげるから。あなたがまた自由に飛び出せるところまで連れていってあげるから。

古びた時刻表の語りを想像して、つき子は笑みを浮かべた。

「ねえ、成美、物語を売る人って知ってる？」

「何それ？」

「大きなトランクいっぱいに、物語が入ってるの」

「古本屋？」

「古道具屋」

「なあに、変なもの売りつけられないように気をつけなさいよ。セールストークに弱いんだから」

「はあい」

ほしいと言っても、あの老人は売ってくれないだろうなとつき子は思う。彼のところにあるものが、つき子に語ってもいいと思わない限りは、持ち主にはなれないのだ。なんて、非現実的なことを考える。

　それはともかく、ものと持ち主のふさわしい関係というのはあるのだと思う。

　ただの壊れたものたち、かつては日常にあったものたちが、使われなくなって日常から追い出されたとき、それらは、ほんの少し現実からはずれた存在になるのだろうか。

　現実と、夢の狭間のような存在に。だから、ときどき人は、古いものに惹《ひ》かれるのかもしれない。

　つき子の小さな指輪は、どこへ行ったのだろう。

　未練なくつき子のもとを離れたなら、今度はどこで、何を語るのだろう。自分たちに物語はあったのだろうか。

　ぼんやりと、つき子はビールの泡を眺めた。

二話
白い糸のジュエリー

ブロック塀と木造家屋とのあいだにある、猫の額ほどの前庭は、植木や雑草が伸び放題だ。そこに、段ボールやガラクタが無造作に放り込まれている。とてもじゃないけれど、小さな指輪をさがし出せるような場所じゃない。なのになぜ、不思議とやる気になっているのか自分でもわからないまま、つき子はまた老人のガラクタ屋を訪れていた。

勝手に入っていいと言われていた。今日も戸口は開けっ放しで、声をかけてみたが返事はない。また鍵もかけずに出かけたようだ。

まずは髪を後ろで縛り、腕まくりをして、手前にあるガラクタからひとつひとつどけていくことにする。段ボールや椅子などを片隅にまとめれば、いちおう片付いたように見える。ゴミ屋敷といった印象から、少しは古道具屋らしくなるのだから不思議だ。

背もたれがカエルになった子供用の椅子、持ち手に馬の彫刻がついたステッキ、ドーム型の鳥かご、どれもペンキが剝げたり、一部が壊れたりして、使い物にならないものばかりだが、きれいに洗えば見栄えは悪くなさそうだ。

椅子や鳥かごは鉢植えを置けばかわいいインテリアになりそうだし、ステッキの馬は凝った彫刻だけでも置物になりそうだ。

　ままごとの食器は小さく、花柄のプリントが野暮ったくて懐かしい。昔のラジオは中身の機械がごっそりなくて、外箱だけだが、レトロなデザインの小物入れにでもなりそうだ。

　ひとつひとつ手に取ると、ゴミには思えなくなってくるのはどうしてだろう。今の店先にはないデザインも、使い込んだり壊れたりしたところも、個性に見えてくる。

　だんだんつき子は、落とし物をさがすことよりも、どんなガラクタが出てくるのかとわくわくしはじめていた。

　植え込みの茂った枝の隙間に、ちらりと見えたものを引っ張り出してみると、ほうろう製の看板だ。

　河嶋《かわしま》骨董店、と青地に白い文字が浮かんでいる。縁取りはバラの蔓《つる》となかなかハイカラだが、ロゴマークなのか、鹿のような角のある動物が影絵ふうに描かれている。もしかしたら、この店の看板ではないのだろうか。首を傾げると、背後から声がした。

「それ、昔の看板じゃないか」

　振り向くと、作業着の男が立っていた。

「無事残ってたのか。もうないと思ってた」

「このあいだの、泥棒……」

言いかけて、つき子はあわてて口をふさぐ。泥棒ではなくて、老人の知り合いだということだった。

「なんで片付けをさせられてる？」

しゃがみ込んでいるつき子と、看板を交互に眺めながら、彼は言った。

「落とし物をさがしてるだけです」

「そういやこの前、そんなこと言ってたな」

訊いてはみたがどうでもよかったと気づいたように、彼はふいと顔を背け、開けっ放しの戸口へと入っていった。

看板を手に、つき子は立ち上がった。もともとどこに掛かっていたのだろう。引き戸の横か、それとも軒下だろうか。

とりあえず、入り口近くに立てかけてみると、和風の引き戸にも意外とバラの絵柄が似合っている。戸の磨《す》りガラスに、似たようなバラの模様が入っているし、もともとはきっと、しゃれた店だったのだ。いつからこんなふうに、ゴミ屋敷みたいになってしまったのだろう。つき子にはもったいないように思えた。

「おい、お茶淹《い》れるけど、みたらし団子食べるか？」

さっきの男の声が聞こえた。つき子は建物の中を覗き見る。ガラクタに埋もれたそこには誰もいないし、振り返って背後も確かめるが、ここにいるのは自分だけだ。

「わたしですか？」

「他に誰がいる」

店舗スペースの奥にあるドアは開いていて、声だけが聞こえた。

「じゃあ、いただきます」

引き戸の中へ入り、さらに奥のドアから中を覗き込むと、上がりがまちがあり、台所になっているのが見えた。

彼がいて、和室のちゃぶ台に湯飲みを置く。

「流しで手を洗っていいから」

言われた通りにする。ちゃぶ台には、開いた竹の皮があって、庶民的なみたらし団子が並んでいた。彼が買ってきたのだろうか。そういえば、ついさっき、紙袋を提げていたようだ。

「近くで売ってるんですか？」

「ああ、和菓子屋がある」

もしかしたらそれが、鈴カステラの店かもしれない。が、団子を口に入れてしまってから気づいたのですぐには口を開けなかった。

素朴な和菓子に、濃いお茶がおいしかった。味わうのに夢中になっているうち、和菓子屋の場所を訊きたかったことよりも、別の疑問が頭をもたげていた。

目の前にいる男は、いったいどういう人なのだろう。彼も無言でお茶を飲んでいる。考えてみれば、男の人とふたりきりだ。しかも、どこの誰かもわからない人だ。

それでもつき子に警戒心がわかなかったのは、小さな縁側へ続くガラス戸が開け放されているのと、明るい西日や、隣のアパートから丸見えに違いないという開放的な部屋だったからだろう。

「お仕事、この近くなんですか？」

団子を食べ終えたので、当たり障りのない質問をしてみた。

「すぐそこの高校」

「え、高校生……？」

「なわけないだろ。教師だよ」

「え、借金取りじゃなくて？」

「は？」

「いえ……」

考えてみれば老人は、借金取りみたいなものだと言っただけだった。しかし、目の前の男は高校教師にも見えない。

なにしろ、口調も態度もぞんざいで、ちょっと失礼な人だ。泥棒だと思い込んだり、つき子もかなり失礼なことをしているかもしれないから、お互いさまだろうか。

あらためて、つき子は彼のことを観察した。たぶん、年齢は自分とそう変わらない。年上だとしても二十代だろう。作業着の胸元には、〃天地〃と名前らしき刺繍《ししゅう》がある。めずらしい名字だが、それよりも、高校の教師なのにどうして作業着なのかが気になった。日曜に工事現場のバイトでもしているのか。

じっと作業着を見ているつき子に気づいたのか、彼は言った。

「工業高校だよ。日曜だけど実技の補習があったんだ」

「あ、なるほど」

とすると彼の服装は、体育教師がいつもジャージだったのと同じことなのだろう。

「それで今日はここで何を？　あのおじいさんを待ってるんですか？」

借金取りでないなら、取り立てに来たわけではない。

「べつに待ってないけど、父親の家へ来たっていいだろ」

お茶を飲み込む間を置いて、つき子は驚いた。

「ええっ！」

「あんたさ、頭悪い？　普通、身内でもない他人の家でお茶淹れてみたらし食うか？」

反論できないが、普通、よく知らない女性に頭が悪いとか言うだろうか。

「でも、天地さんですよね。ここって、河嶋骨董店って看板に。名字が違いますけど」

「天地は名前。弓原天地《ゆみはらてんち》。なぜか天地ってほうをおぼえられて、同僚にも生徒にも呼ばれるから、この名札」

「ああ、そうなんですか」

というか、やっぱり名字が違うのだが、しぶとく突っ込むのもどうかと思い直した。親子でも、いろいろ事情はあるのだろう。

それにしても、天地なんて壮大な名前だ。自分とは大違いだ。そこまで考え、はっとしたつき子はまたごくりとお茶を飲み込む。そうして、おそるおそる問う。

「あの、弓原……って？」

「あれ？　もしかして今ごろになって思い出した？」

彼はにやりと笑った。

「の、飲み会の？」

「そうだよ。あのときはスーツ着てたけどさ。そうとう記憶力悪いな、あんた」

作業着ではなくスーツを想像してみる。ひょろりとして大きな目の、こんな人がいたような気がする。

何より、弓原というのはつき子にメールを送ってきた男だ。しかしあれは、本当はノリちゃんに宛てたメールだった。気に入った女の子を誘ったのに、それがつき子に届いたなんて彼は知る由もなく、ノリちゃんから返事が来なかったと思っていることだろう。

このことは伝えたほうがいいのだろうか。いやでも、ノリちゃんは連絡先を教えたくなくて、つき子のアドレスを伝えたのだから、どのみち断られるだけだったかもしれない。黙っておくべきだという気もする。

いろんなことが一気に浮かんで混乱するが、ひとつだけ腑《ふ》に落ちたのは、彼がつき子に対し、最初からからんでくるような態度だったことだ。ちょっと馴《な》れ馴《な》れしかったのは、初対面ではなかったからだろう。

「わ、わたしのこと、おぼえてたんですか？」

「引き立て役になってただろ」

盛り上げ役のつもりで、引き立て役ではない。

「つきちゃん。そう呼ばれてたっけ」

「山本つき子です」

「ふうん、フツーだな」

その通り、平凡すぎて印象が薄すぎるほどだと自分でも残念に思っているが、他人に言われるともやもやする。

「空の月？」

「えっ、いえ、ひらがなです。お月様じゃなくて、ついてる人生を送れるようにって、親がつけたらしいです」

が、つき子は名前に関して、少々親をうらんでいる。やさしい子に、とか、きれいな子に、とか、願いを込めるべきはそういうことであるべきではないか。ついている子だなんて、どう考えても他力本願で情けない。その上、はっきり言って名前負けしている。

「じゃ、そうとうついてるんだろうな」

嫌味か、と思ったが、彼はつき子の運の悪さを知るはずもない。

「山本って名字、教え子にも何人かいるんだよな。混乱するから名前で呼ぶことにしてるんだ」

「はあ」

「でさ、つき子」

さん、まで取るか？　それに、高校生の教え子と同列？

「おれが借金取りだって、河嶋のジジイが言ったのか？」

「……いえ、あの、あなたが持っていったお金、渡すはずのものだったと言ったから」

「渡すはずの、ね。あいつ、よく言うよ」

父親だと言いながら、老人を父とも呼ばず、ジジイとかあいつとか言う。

「じゃあ、ここへ来るのはお金をせびりにですか？」

「せびってなんかない。そうやって、あいつは償ってるつもりなんだ。だから、くれるっていうものはもらっといてやるのがいいんだよ」

なんだか屁理屈《へりくつ》っぽい。そう思うつき子をよそに、彼は誰かに言い聞かせるかのように重ねてつぶやく。

「罪を償いたいんだ。ガラクタなんか売ってるのだってそうだ」

「罪……？」

「ガラクタたちの話を聞いて、その命を救ってやったら、自分も救われるときがくるとでも思ってるんじゃないか？」

何の罪を償いたいのか、つき子にはわからない。でも、天地の話に、昔読んだ物語が頭に浮かんだ。

千一夜物語。残酷な王様は、妃《きさき》をめとるたび、翌朝には殺してしまう。けれどシェヘラザードは、夜ごと物語を続けることで身を守るのだ。

老人の古びたトランクには、千のガラクタと同じ数だけ物語が詰まっているのだろうか。

それを語り終えるまで、老人の、トランクの露店は続くのだろうか。

ぼんやりしている間に、天地は立ち上がった。つき子を見下ろしながら言う。

「それ、好きなだけ食べていい。あまったら、そこのカバーかぶせといて」

どう考えてもひとりで食べる量じゃない。つき子が答える前に彼はさっさと出て行ってしまったが、これはきっと、老人へのおみやげだったのだ。

顔を合わせなくても、おみやげを置いていく息子。複雑な関係だとしても、やはり父親だから、大切に思っているということだろうか。

ちゃぶ台の上にあった折り畳み式のカバーは、開くと網目状の傘みたいになった虫除けだ。こういうものがまだあるんだとつき子はやけに懐かしく思う。小さいころ、祖父母の家で見かけたことがある。

骨の部分を修理した形跡があり、これも老人が集めたガラクタのひとつだったのかもしれない。

あらためて部屋を見回すと、テレビはないけれどステレオが置いてある。中央のレコードプレイヤーは使えるのだろうか。それが和室の床の間を占領しているのだ。床に積み上げられた本も、招き猫の貯金箱も、花瓶に挿さった造花も、すっかり日焼けしてしまっている。

老人の持ち物がなんとなく古くなってしまったのか、集めた古いものを使っているのか判然としないけれど、とにかく古いものしかない部屋だった。

ひとりきりで、そんなものに囲まれていると、すべてに物語がひそんでいそうだと思えてくる。

物語は、過去からやってくるものなのだろう。

☽

お互いデートをする相手もいないから、成美とはよく、休日にショッピングや食事に出かける。その日も、買いたいものがあるという成美の希望で、つき子は待ち合わせ場所に急いでいた。市内でも有名なファッションビルの前だ。目印の時計塔が見えてくると、五分ばかり遅刻している。

きっともう来ているだろうと、人込みに目を凝らすと、成美がこちらに気づいて手を振った。

「ごめん、待たせちゃった？」

駆け寄ろうとしたとき、つき子の前に突然割り込んできた人が、抱きつかんばかりに成美に接近した。

「成美ちゃん！　まあまあ、こんなところで会えるとは思わなかったわ」

そう言ったのは、派手な化粧をした年輩の女性だ。

「よかったわあ、メールも電話も返事がないから、心配してたのよ」

知り合いかと問う前に、「お母さん……」と成美はつぶやく。

お母さん？　つき子は驚いて女性と成美とを交互に見た。彼女の母親に会うのははじめてだった。学生のころから、母親と距離を置きたがっていた成美はひとり暮らしをしていたし、つき子が彼女の家族と会うような機会もなかったのだ。

「本当、何かあったんじゃないかと思ったわよ」

「何もないわよ」

今も、関係はよくないのだろう。成美は苛立《いらだ》ったように、母親が触れてくる手を振り払った。

「友達と出かけるから、話はまた今度にして」

ようやく母親はつき子のほうを見た。会釈するとにっこり微笑む。派手だけれど、かわいらしい印象の女性で、きびきびした成美とはまったく空気が違っていた。

「あら、お友達？　ごめんなさいね」

いいえ、と首を振ると、彼女は立ち話の許可を得たとばかりに話をはじめた。

「ねえ、成美ちゃん、あたしね、お店をたたむことにしたの」

娘にあまえるかのように、身を乗り出す。

「それでね、再婚するかも」

「ふうん。好きにすれば」

驚いてもよさそうな発言だったのに、成美は冷たい。

「祝福してくれるでしょう？」

「わたしには関係ないわ」

「相変わらずねえ。まあいいわ。ご祝儀はずんでね」

そう言うと、フレアスカートをふわりとひるがえし、片手を振りながら、足取りも軽く去っていった。

「お母さん、再婚するの？　そんな薄い反応でよかったの？」

成美は、気まずそうに肩をすくめた。

「娘に祝儀を催促するってどうなのよ。仕送りしてるんだからもういいでしょ」

「いちおう、別物でしょ」

成美の家族は母親しかいなくて、確か、小さなスナックをやっていると聞いたことがあったが、繁盛しているわけではなかったのだろう。就職してから成美は、距離を置きたいと言いながらも仕送りをしていた。その母親が再婚するなら、経済的にも悪いことではなさそうだが、成美は苦い顔をしている。

「あの人、すぐ無駄遣いするし、だらしないし派手だし、本当、恥ずかしいったら」

「再婚相手のこと知らなくていいの？　義理のお父さんになるわけでしょ？」

「前からつきあってるらしい男がいたから、その人でしょ。店が入ってるビルのオーナーだって人」

その人と結婚をして、お店をたたむということなのか。

「その男性、奥さんがいたの。だから母は愛人。何年か前に、奥さんが亡くなったって聞いてたけど……、だからって結婚だなんて。ね、恥ずかしい女でしょ」

つき子は曖昧な顔をするしかなかった。

「そんなことより、早く行こ。ここ、インテリアのいいブランドがあるの」

話を打ち切った成美は、気持ちを切り替えて買い物に集中しようとしていた。けれど、繊細なワイングラスやおしゃれなファブリックを眺めながらも上の空みたいだった。

こんなときに、同僚の結婚祝いを選ぶのなんて、乗り気になれないことだろう。

ひととおり見て回っても決められず、いったん店を出ることにする。

「ねえ、屋上でフリーマーケットやってるんだって。行ってみない？」

「フリーマーケット？　古着とか？」

「たぶんそうかな」

「つき子って、そういうの興味あったっけ？」

これまではなかった。ガラクタ屋の河嶋に会ったからだろうか。

「ま、話の種に行ってみよっか」

成美はあまり興味がなさそうだったけれど、気分転換にはなると思ったのだろう。

このあいだつき子は、河嶋の店で、日が暮れるまでガラクタを吟味するのに夢中になっていた。玄関前はかなり片付いたが、肝心の指輪は見つからなかった。見逃してしまったのかもしれないが、やっぱりもう、出てこないのではないかという気がしている。

縁が切れたのだとしたら、しかたがないのかもしれない。でも、本当に縁が切れたのだろうか。だったら、あれにまつわることすべて、きれいさっぱり忘れられるはずではないか。

しかしまだ、そうとも思えないでいる。だから、さがさずにはいられないのだ。

急に明るい場所へ出ると目がくらむ。屋上へ踏み出したとき、つき子はまぶしさに目を細めた。にぎやかなざわめきが、フリーマーケットの熱気を伝えてきた。

「けっこう人がいるのね」

自分のスペースに広げたシートの上で、売り買いが繰り広げられている。見ていると、値段の交渉もなかなか盛んだ。

雑多に並んだ品物の前に、手書きのボードをひとつ置いた店が目につき、つき子は足を止める。

〝ブロカント、どれでもひとつ五百円〟

覗き込んだ成美が、手前の赤茶けたものを持ち上げた。

「やだ、ミルクパンに取っ手がないよ。これ、五百円は高くありません？」

「銅製だし、味があるでしょう？」

店の女性は軽く笑う。

「こっちも五百円ですか？」

「そうよ」

大量のリボンがぶら下がっていた。

刺繍や手編みのものは手が込んでいて高そうだが、ビル内の手芸品店へ行けば、同じものがそう変わらない値段で売っているのではないかというような、ごく普通のものもある。

成美がじっと見入っているのはレースのリボンだが、それも昔からよく見るありふれた模様だった。

「成美、リボンで髪を結ぶならもう少しのばさないと」

「まさか、髪にリボンって、十代まででしょ」

「じゃ、何に使うの？」

「見てただけ」

言うと彼女はさっとその場を離れる。つき子もついていく。のどが渇いたと、屋上のオープンカフェでドリンクを買うことにする。

成美の気が紛れたかどうかはわからない。でも、クレープを食べ、おいしい、と笑うのはいつもの成美だ。パラソルの下のテーブルで、つき子はオレンジジュースを飲む。

「ブロカントってなあに？　ガラクタのこと？」

思い出したように、成美が言った。

「そうらしいよ。ちょっとおしゃれなヨーロッパ雑貨を扱うアンティーク店とか、わりと専門店もあるみたい。よく見てるとおもしろいの」

このところ、つき子も少し調べたりした。骨董や古道具の店というと近寄りにくいが、女性好みの雑貨屋といった雰囲気のところもあるようだ。

「誰の影響？」

成美の質問に、ストローをくわえたまま首を傾げる。

「急に興味を持つなんて、前の飲み会で骨董好きのいい男でもいた？」

天地のことが思い浮かび、あわてて頭を振る。そもそも天地は骨董好きではないし、父親の店に興味もなさそうだ。いい男に見えるかどうかは人によりけりだろうけれど、つき子は顔も名前もおぼえていなかった。

「もう、そんなのじゃないって。ほら、前に言ったでしょう？　夜の公園で露店を開いているおじいさんがいて、そのお店が不思議でおもしろいのよ」

「おじいさんか。年上すぎない？」

「だから違うんだって。そのおじいさん、河嶋さんっていうんだけど、ガラクタと一緒に物語を売ってるらしいの。古い道具が語る話なんだって」

成美は、心配そうにつき子を覗き込んだ。

「道具がしゃべるわけないいじゃん」

「もののたとえよ」

「ねえそれ、だまされたりしてない？　つき子は危なっかしいよ。すぐに信用しちゃうから」

成美がそう言うのも無理はなかった。大学生のころ、地方の田舎から都会へ出てきたためにいろいろ不慣れだったつき子は、キャッチセールスにつかまって、高い教材を買わされたことがあった。成美がクーリングオフの手続きをしてくれて助かったのだ。

「あれから何年経つのよ。もういろいろ学んだよ」

それでも成美は、信用してないといった顔だ。

「結局、ガラクタを売ってるわけでしょう？　古道具屋の老人に、さっきの、壊れたミルクパンみたいなものを売りつけられるんじゃないの？　本当に大丈夫？」

「他人にはただのゴミでも、ある人にとってはそうじゃないこともあるじゃない。ブロカントってそういうものなんだと思うの。河嶋さんも、それを必要とする人にしか売らないみたい」

「ゴミはゴミよ」

成美はきっぱり断言した。となると、つき子も反論したくなる。

「ゴミじゃないゴミもあるの」

「じゃあ、その店へ連れていってよ。ゴミじゃないかどうか、この目で確かめてやろうじゃないの」

「いいよ。ブロカントの魅力、教えてあげるから」

えらそうに言うつき子自身、ブロカントを語れるほど詳しくはないが、ただ成美にその魅力を知ってほしかった。河嶋に会えば、少しはわかってくれるのではないだろうか。

今夜の空に月はない。月齢も、いつごろどちらの方角に見えるのかもわからないが、曇り空ではどのみち月は見えないだろう。日が暮れた暗い空を見上げながら、つき子は成美とふたり、駅裏の児童公園へ向かっていた。

「駅の反対側って、こんなに路地が入り組んでるんだ。知らなかったな」

成美のヒールの音が路地に響くと、野良猫がさっと物陰に隠れる。つき子は目印にしている曲がり角を確認する。

「あ、児童公園はそこよ」

民家のあいだにできた、使い道のないいびつな空間をしかたなく公園にした、といった場所だ。首を動かし、成美はひとことつぶやいた。

「案外小さいのね」

その夜も、ちゃんと定位置に河嶋はいた。回転式ジャングルジムのそばだ。

「おや、いらっしゃい」

ガラクタの入ったトランクを足元に置いて、のんびりと棒つきキャンディーを味わいながら彼は言った。

トランクのそばに、まるいランプが置いてあった。それが月の代わりに、河嶋とトランクの中身と、地球儀みたいなジャングルジムを照らしている。相変わらず彼のブロカント屋は、月と地球のあいだにある。

「こんばんは、友達を連れてきました」

「それはそれは」

成美は会釈して、トランクの前に身を屈めた。

「これ、ぜんぶ売り物なんですか？」

「そうですよ」

「ぜんぶに物語が？」

「あなたにも、私にも物語があるように」

独特のペースに、成美もふわりと包み込まれたのだろうか。彼女は頷くかのようにトランクの中身に見入る。うさんくさいとか、つき子がだまされているなどと言っていたわりには、ブロカントに興味を持ったようだった。

「落とし物は見つかりましたか？」

河嶋はつき子に問うた。

「いえ、それがまだ」

「そうですか。残念ですね」

「もう少しさがしてみてもいいでしょうか」

「もちろん、あなたの気が済むまでどうぞ」

成美のほうを見ると、彼女はレースの切れ端を手にしていた。ふだんの彼女ならゴミと断言するに違いない、破れた切れ端だ。もともとは、ハンカチだったのか襟飾りだったのか、それともテーブルクロスかショールだったのか、想像もつかない。手のひらを覆うくらいの大きさしかない。薄く透き通るほど細い糸で、繊細な鳥かごと草花が編まれているが、黄ばんで見えるのはランプの光のせいではないだろう。

これが売り物かと文句を言い出すのではないかと思ったが、成美は黙っている。

「それはねえ、メヘレンレースです。ベルギーのメヘレンで作られていた、非常に高度な技術を使ったものでしてね。いちど途絶えてしまったので、その技術を完全に再現するのが難しくなって、今ではもう、当時ほどのものは作れません。まぼろしのレースと呼ばれている、とてもめずらしいものなんです」

「へえ、すごい」

つき子は素直に感心するが、成美は違った。

「だったら、コレクターに売るべきじゃないかしら。こんな児童公園で、酔っぱらった帰りに衝動買いするような人を相手にしてたら、宝の持ち腐れじゃないですか？」

「これは、使われたいんですよ。使われて、すり切れて、こんなになってしまいましたけどね」

成美はレースが好きなのだろうか。さっきもフリーマーケットでレースを見ていたことを思い出し、つき子は意外に思った。

女の子っぽいかわいいものが苦手だと、成美はシンプルなデザインやモノトーンを好んだ。レースやフリルなんて問題外、だったはずだ。

と同時に、つき子は彼女の母親を思い浮かべていた。ウェーブした髪やピンクのブラウス、成美が嫌う母親は、成美とは正反対だった。きっとレースも好きだっただろう。

成美にとって、〝かわいいもの〟は母親と結びつくから苦手なのかもしれず、一方で、母親との縁を断ち切ることができないのと同様に、かわいいものを嫌いと言ってしまうには複雑な思いがあるということか。

成美はレースをトランクに戻し、他のものを物色しはじめる。もう少し、レースのことを訊いてみようかとつき子は思うが、成美にとってはよけいなお節介かもしれない。

悩んでいると、河嶋の手から棒つきキャンディーがぽろりと落ちた。

はっとしてつき子が顔を上げると、河嶋は苦しそうに胸元を押さえ、体をまるめている。

「どうしたんですか？　大丈夫ですか？」

あわてて声をかけるが、返事もできないようだ。

「救急車呼ぼう」

成美が携帯電話を取り出すが、河嶋はかすかにまぶたをあげた。

「いえ……、少し休めば……」

そうは言うが、顔色は悪くつらそうだ。

「そうだ、息子さんの連絡先、わかります？」

河嶋が黙っていたのは、それどころではなかったからだろうか。それとも連絡はためらわれたのかもしれないが、やめてくれとも言わなかった。

「つき子、息子さんがいるの？」

「近くの高校に勤めてるって聞いたの。そこに誰かいれば、連絡先わかるかも」

日曜だし、もう午後七時をまわっているが、つき子は立ち上がった。

あとで思いついたのは、天地のメールアドレスが携帯電話に残っていたということだが、このときはあわてていて、人違いメールと天地のことはまったく結びついていなかった。どのみちメールでは、緊急事態に役立ったかどうかわからない。

「すぐそこよ。五分で戻ってくるから、河嶋さんのことお願い」

河嶋の背中をさすりながら、成美が頷くと同時に、つき子は駆け出した。

天地は二階に河嶋を寝かせ、階段を降りてきた。一階の、台所とつながった茶の間で待っていたつき子と成美を交互に見る。

「とりあえず、発作はおさまったみたいだ。今日は寝てろって言ってある」

「そうですか、よかった」

工業高校へつき子が駆けつけたとき、天地がたまたまいてくれたのは幸いだった。すぐさま公園へ戻ると、彼が河嶋を背負い、骨董屋の自宅まで帰ってくることができた。つき子と成美は、トランクを運ぶ役目だった。体の大きな河嶋は、ひとりでトランクを持ち運んでいたが、つき子が持とうとしたところ、とてもひとりでは無理だったのだ。

「病院へ連れていかなくていいんですか？」

「行きたくないらしいし、勝手にすりゃいいのさ。おれには関係ないし」

どかりと畳の上に腰をおろし、天地は投げやりな言い方をする。

「冷たいんですね」

成美がぽつりと言った。

「だったら駆けつけなきゃいいのに」

非難がましい言い方は、彼女らしくない。なんだか成美は苛立っているようだ。

「つき子に呼ばれたから来たんじゃないか」

と天地はつき子のことをまた呼び捨てにした。普通〝さん〟くらいつけるものだろう、と言ってやろうとしたが、成美が先に口を開いたので機会を逸してしまう。

「なんだかんだ言って、見捨てられないくせに、自分には関係ないってふりをしても、口だけなんでしょう?」

「あんたは、そうなんだな」

成美ははっとしたように天地から目を背けた。

「おれは、あいつを親だなんて思ってない」

薄く笑った天地には、思いがけない凄《すご》みがあった。

「なあ、こんなガラクタ屋、儲《もう》かると思うか? 生活していけるわけないだろ? ここの家賃だって生活費だって、どうするんだってんだ。おれが姿を消せば、あいつは路頭に迷う。さて、いつそれを実行するか。わくわくするね」

成美は居たたまれなくなったように立ち上がった。

「つき子、わたし帰る」

「あ、待って、わたしも……」

帰ると言いかけたが、成美はそのまま逃げるように飛び出して行ってしまった。

母親とのあいだに問題をかかえた彼女にとって、天地を責める言葉は自分に跳ね返ってくるものだった。跳ね返った刃に逃げ出すしかなかった。成美は母親を見捨てられずにいたからだ。

縁を切りたくても切れない自分がいやだったけれど、親だからしかたがないと思っていた部分もあっただろう。なのに、天地があっさり残酷なことを言ったから、たまらなくなったのだ。

「ふん、あんたの友達も冗談を真に受けるたちなんだな」

冗談？　呆然《ぼうぜん》と立ちつくしていたつき子は、驚いて振り返った。

「なんでおれが、ジジイの生活の面倒見なきゃならないんだよ。ここはあいつの持ち家だし、隣のアパートも持ってる。だから、こんなゴミ屋敷で道楽にひたってられるんだよ」

「え、そ、そうなの？　近くで仕事してるのって、お父さんを心配してじゃないの？」

「おれがそこの高校へ赴任希望したのはいやがらせ。あいつだってわかってるし、本当のところ消えてほしいと思ってるさ」

それも本当かどうか、つき子には知る由もない。

「だったらどうして、成美にあんなこと言うんですか。冗談にしたって悪趣味じゃない」

「あいつが先に突っかかってきたんだろ」

それはそうだけれど。つき子はため息をつく。天地は憮然《ぶぜん》とそっぽを向いている。

「わたしも帰ります。その前に、河嶋さんにごあいさつしてもいいですか？」

「勝手にどうぞ」

階段を上がっていくと、突き当たりの和室で河嶋は休んでいた。眠っているなら声をかけないでおこうと思ったが、気配を感じたのか彼は閉じていたまぶたを開いた。

「ご気分はいかがですか？」

「ええ、もう。すみませんね、ご迷惑をかけてしまって」

「いえ、息子さんが、ちょうど学校にいてくれてよかったです」

河嶋は、かすかに眉根を寄せて考え込んだ。

「息子と……、天地がそう言いましたか」

「違うんですか？」

「いえ、息子です」

どんな事情があるのかわからない。ただ、天地が成美に言ったことは、冗談にしてしまうには彼の心情を反映しているのかもしれない。そんな気がした。

少なくとも、河嶋が天地に罪悪感を持っているらしいのは本当なのだろう。償いのために物語を売っているというのも。そうしてたぶん、天地が河嶋を憎みつつも近くにいるのも、うそではなさそうだ。

「どうして、物語を売るんですか？」

つき子は問う。河嶋は長いため息をついた。

「妻が、千一夜物語が好きでしてね。私も読みましたよ。それで、ときどき思うんです。私は、どちらの立場なのでしょうね。ものが語る話に、夜ごと耳を傾ける王様でしょうか。語りかけてくるものに、もういちど命をあたえようとしているのだから、そうかもしれません。けれど、私自身が語り手でもあります」

「じゃあ、あなたが、シェヘラザードの立場だとしたら……」

「物語を続けるうちは生かされていたように、私もそうやって生かされているのでしょう。許されるそのときまで、語り続けるしかないんです」

「誰が、あなたを許すんですか？」

河嶋は黙ってまぶたを閉じた。しばしつき子は返事を待っていたが、やがてかすかな寝息が聞こえてきた。眠ってしまったようだった。

一階まで降りてくる。茶の間に天地の姿はなかったが、店のほうで物音がしていた。

倉庫みたいにものがあふれた一画、カウンター代わりか古いチェストがある。その上で、天地がおもちゃのロボットをいじっていた。

「ここ、いちおうお店だったんですよね。もう、ここで商売はしないんでしょうか」

「しないだろうな」

答えた天地のロボットは、片腕がなくなってしまったのか、代わりにスプーンがくっついている。

「それ、どうするんですか？」

「べつに」

背中のカバーをドライバーで閉じて、ゼンマイを回すと、ロボットがぎこちなく歩く。腕になったスプーンをぐるぐる回す。

「動くんだ。直したんですか？　すごい、器用なんですね」

「あんたさ、好きなものがあれば持っていってもいいぞ。ガラクタ、増えるばかりでちっとも減らない」

ロボットはバランスが悪いのか、すぐに転んでしまう。天地は舌打ちしつつ、足の接続部分を熱心に確かめる。

「あいつは、トランクの中にある特別なガラクタを売ることしか興味ないみたいだし」

色とりどりのガラス瓶、プラスチックの食器、古びたケースに入った色鉛筆。

「あのう、ちゃんと整理しておしゃれに並べれば、売れるものいっぱいあるんじゃないでしようか。ブロカントのヨーロッパ雑貨って、わりと人気みたいですよ」

「おしゃれに？　それがあのオヤジにできると思うか？　片付けすらまともにできてない」

ブロンズのカレードスコープ、赤い十字のついた救急箱、飴《あめ》玉みたいなガラスのボタン。

「あなたが片付ければ……」

「なんでおれが」

「跡継ぎでしょう？」

「あいつはそう思ってない。お互いさまだけどな」

そういえば河嶋のほうも、天地が息子だということを、つき子に話すのは避けていたようでもあった。さっきも、息子だと答えたけれど戸惑い気味だった。どうしてだろう。それも罪の意識からだろうか。一方で天地は、河嶋に対し冷たいようでもあるが、自分が彼の息子だと主張することにためらいはない。そうすることで、河嶋が戸惑うのを承知しているかのようでもある。

「河嶋さんの物語を聞いて、わたし、価値観が変わりそうです。ものって、人がだいじにするほど価値が増すんでしょうか。それも、だいじに保存するんじゃなくて、使えば使うほど、物語が深くなるって感じ」

　天地が本当のところ、ものをだいじに思う人なら、父親との溝はそう深いものではないのかもしれない。彼が直したロボットを眺めながら、もう少し、彼とものの話をしたいと思っている。

　けれど天地は、つき子の話には乗ってこなかった。

「なあ、なんで返事くれなかった?」

　突然の思いがけない言葉で、すぐには意味がわからなかった。

「返事……?」

「メール届いただろう」

「あ、はい」

　と言いながらもつき子は混乱していた。彼はつき子のメールアドレスを、ノリちゃんのだと思っているはずだった。だったら、ノリちゃんから返事が来ないと考えるはずで。なのにどうして、つき子に訊くのだろう。

　最初から、彼はつき子にメールを送ったつもりだったということだろうか? でも、つき子はアドレスを教えていない。

「すみません……、あれ、人違いかと思って」

混乱しながらも、ごまかすように笑う。

「人違い？」

「ほら、まさかわたしを誘う人はいないと……」

つき子は口ごもる。天地はまた、腕がスプーンになったロボットのゼンマイを巻く。機械音を立てて、ロボットがカウンターの上を歩く。

「いやならべつにいいんだけどさ」

「いやというわけでは……」

「じゃあ、いいのか？」

いったい彼は、何を思ってそんなことを言うのだろう。ノリちゃんのことはどう思っているのか。

たかが食事の誘いだ。知り合って、お互いフリーならどんな人か知る機会があってもいい。好きになれるかどうかはその後だ。だから、深く考えるほどのことじゃない。

でも、指輪がない。あれがないと、うその言葉に惑わされそうな気がしてしまう。

きっと彼は、ノリちゃんがつき子のアドレスを教えたと知ったのだ。だったらつき子を誘ったことにしようと、それくらいの気持ちだ。浮かれちゃだめ、ついてないことになるに違いないのだから。

「すみません」

つき子は深々と頭を下げた。

「もう、メールはしないでください」

☽

仕事帰りに書店へ立ち寄ったつき子は、先日のファッションビルの前を通りかかった。入り口に貼ってある、イベントを告知するポスターが目につく。フリーマーケットがまた開催されないだろうかと期待しつつ、ポスターを覗き込む。

カバンの中にも、買ったばかりのブロカント雑貨の本が入っている。けれどこのところしばらく、河嶋骨董店へは行っていない。なんとなく、天地と顔を合わせにくくなってしまったからだ。

すぐ人を信用する、と成美はつき子に言うが、そうだったなら天地にあんな態度を取らずにすんでいただろう。どうしてあんなことを言ってしまったのか、自分でもよくわからない。

歩き出そうとし、なんとなく視線を感じて振り返ると、こちらをじっと見ている女性がいた。目が合うと、女性はぱっと微笑んだ。

「あら、やっぱり。成美ちゃんのお友達よね？」

成美の母だった。大きなスーツケースを引きずりながら、親しげに手を振る。

「こんばんは。ご旅行ですか？」

「そう、彼とね。海外へ行くの」

荷物の大きさは、長期の旅行を思わせた。新婚旅行みたいなものなのだろうか。

「お店もマンションも引き払ったから、もうこっちへ戻ってくることはないわ。落ち着いたら連絡するって、成美ちゃんに言っておいてくれる？　あの子、また連絡つかなくて」

「はい、伝えておきます」

「そうだ、あなた、成美ちゃんと撮った写真持ってない？」

急に思いついたようにそう言うと、彼女はくたびれた財布から写真を取り出す。そこには小学校も低学年くらいの女の子が写っている。ピンクのワンピースを着て、長い髪にリボンを結んだ、女の子らしい女の子だ。

「もしかしてこれ、成美さんですか？」

「そうなの。あたし、あの子の小さいころの写真しか持ってないのよね。ちょっと大きくなったら、写真なんか撮らせてくれなくなったし、服も自分で選ぶし、一緒に出かけることもなくなって。ま、子供は親離れするものだからしかたないけど」

子供のころは、母親の趣味だとはいえ、成美がいかにも女の子らしい服装なのがおかしかった。

「かわいいですね」

「そうでしょう？　このくらいのときは、よろこんでピンクもフリルも着てくれたのよね。あたし、洋裁の仕事をしてたから、洋服はたいてい手作りだったの。あの子、襟はレースがいいとか、子供ながらに注文もつけたりしてね」

成美はレースが好きだったのだろうか。今はそんな気配も見せないほどシンプルに徹しているが、河嶋のトランクにあったレースの切れ端をじっと見ていた。

「あなたは、ご両親は？」

「実家は九州なんです。わたしは大学からこっちで、就職もこちらでしたので」

「そう。元気でちゃんと自活してるなら、それで親御さんは安心よね。あたしも、成美ちゃんはしっかりしてるから、心配してないどころかこっちが迷惑かけてたけど、これからは頼らなくてもよさそうよ。だから祝福してくれるかと思ったんだけど、あの子にしてみれば、あたしの許せないところは金銭のことだけじゃないんでしょうね」

学生のころ、成美の学費は亡くなった父方の祖父が出していた、と聞いたことがある。父の保険金があったはずだが、なぜかなくなっていたという。母親にはぐらかされて、成美はそのいいかげんで自分勝手な性格に愛想を尽かしたのだそうだった。

「あの、成美の写真、今は手元にないんですけど、よかったら撮って送りましょうか？」

「本当？　うれしいわ。成美ちゃんには、あたしに送るってことないしょでね」

彼女は笑っていたけれど、少し淋しそうに見えた。

成美のほうからは、結局離れられなかった母子の関係だが、今は母のほうから距離を置こうとしている、そんな気がした。けっして再婚に浮かれているのではなく、やっと娘を解放してやれると思いながらも、そうなったらもう成美には忘れられてしまうだろうと、それでもしかたがないと思っている。

だから、娘の新しい写真がほしいのだ。成長して、独り立ちしている今の写真が。

帰宅してから、つき子は成美に電話をした。母親に会ったことや、落ち着いたら連絡すると言っていたことを伝えた。成美の反応は薄いものだった。

「それよりつき子、まだあの高校教師の家へ行ってるの？」

そうしてさっさと話を変える。

「天地さんのこと？　だったらあそこは、彼の家じゃなくて、河嶋さんの家だよ」

少なくとも天地は、あそこに住んではいないようだ。

「どっちでもいいわよ。あんな男と関わってるくらいなら、うちの事務所の独身を紹介するから」

「成美、いつもまわりにはろくなのいないって言ってるじゃない」

「わたしにとってはね。好みはそれぞれでしょ。ねえ、この前飲み会で会った人からメールが来たって言ってたでしょう？　あれどうしたのよ」

「あれ……、後輩がね、自分のアドレスだってうそをついて、わたしのアドレス教えたらしいの」

「えー、何それ」

「だから、わたし宛のメールじゃなかったんだと思ってたんだけど、彼は、わたしに送ったって言うの。どういうことだと思う？」

「それって、メールを違う人に送ったことに気づいて、ごまかしてるんじゃない？　気に入った子に連絡先を訊いたらうそを教えられた、なんてその男にとっても恥ずかしい話でしょ？」

「やっぱり、そうかな」

「そのメール男と話したわけ？」

「天地さんだった」

「えっ？」

「雰囲気が違ったし、あの日は来てた人のことほとんどおぼえてなかったから、後になって知ったんだけど」

　電話越しに、成美のため息が聞こえた。

「結局、彼は誰でもいいんじゃないの？　最初に連絡先を訊いたその後輩じゃなくてもよかったってことじゃない」

　つき子自身もそう考えた。だからつい、強く拒絶してしまったのかもしれない。

「ねえ、つき子。あんまりあの人たちに関わらないほうがいいんじゃない？　ガラクタ屋で、夜に児童公園で露店してるなんて普通に考えてあやしいし、だいたいちゃんと許可取ってるの？　それに、息子のほうもおかしいよ。何考えてるのかわかんないし、そもそも骨董屋の老人とあの息子、普通の親子関係じゃなさそうだし、なんか信用できないもん」

　確かにいろいろ普通ではないけれど、だからこそ気になるのも確かだ。親子のことではなく、つき子は、河嶋の世界観に、ガラクタやその物語が持つ世界の広がりに惹かれている。

「他人の事情に首を突っ込むつもりはないって。でも、古道具屋の河嶋さんはいい人よ。天地さんも、ねじれてるのはお父さんに対してだけで、まあ、べつに悪い人じゃないと思うんだ」

お茶を淹れてくれて、一緒にみたらし団子を食べたとき、つき子はリラックスしていた。茶の間ののんびりした雰囲気のせいだったかもしれないけれど、よく知らない人と気を張らずに過ごせるなんて、そうあることではない。

けれどその一方で、天地が本当はどういう人なのか、わからずに戸惑ってもいる。

「ほら、警戒心なさすぎ」

成美の、あきれたような声が返ってきた。けれどつき子は疑問に思う。天地の言葉をそのままに受け取れなかったのだ。勘違いメールの誘いに乗りたくなんかないと、率直に思って態度に出た。

本当の自分は、お人好しでも信じやすくもなく、警戒心の固まりではないのだろうか。

あの指輪がないから、今までの自分ではいられない。そんな気がして、何だか調子が狂う。

「あのさ、人がいいのもつき子の長所なんだけど、ほら、心配だから」

「うん、ありがと」

「落としたもの、あのガラクタ屋さんに紛れ込んでるのは確かなの？」

「たぶん……」

「まださがすんだ？」

「……まだ、あきらめがつかないんだ」

「そっか」

納得していないような声だったけれど、成美はもう何も言わなかった。

ものなんて、ただの道具や飾りだ。でも、それがないというだけで、これまでの自分が失われてしまいそうなくらい、ものに頼って生きている。そんなふうに感じるのは、つき子だけではないだろう。

だから、河嶋のガラクタには物語が詰まっているのだ。

☽

ブロカントの本を開く。レースの写真が並んでいる。メヘレンレース。フランスではマリーヌといわれるレースの、見事な一枚布の写真は、ある博物館に保存されているものだった。翼を広げた美しい鳥の模様だ。唐草模様のパターンも凝っていて、本当に美術品みたいだった。

本を眺めていれば、当然ながら河嶋骨董店が頭に浮かぶ。しかしつき子は、どうにもあの店を訪れる勇気が出ない。指輪をさがさなければと思いながらも、二の足を踏んでいる。河嶋の店に天地がいるとは限らないが、もし会ってしまったら気まずい思いをすることだろう。などと、考え込んでいるのはつき子のほうだけで、天地はメールの件も、つき子の態度も気にしてはいないかもしれない。

成美が言うように、とりあえず誰でもいいから声をかけてみたのなら、つき子が意識しすぎているというだけだ。


「もしもし、つき子？」

取り次いでもらった電話を取ったとたん、呼び捨てにされてびっくりした。

「て……天地さん……？」

つき子の勤める会社にかかってきた電話だった。その上彼は、まったく、何事もなかったかのような口調だ。

「この前、社員証落としていっただろ」

「へっ、本当ですか？」

急いで身構えたのに思いがけない話で、つき子は気の抜けた声をあげる。

デスクワークばかりで、ふだんそういったものを使う機会がなかったために落としたことに気づいていなかったようだ。それにしても、また落とし物をしてしまうなんてそそっかしい。半ばパニックになるつき子とは対照的に、天地の声は落ち着きはらっている。

「そのうち来るかと思って置いてたんだけど、さがしてるかもしれないからさ」

「すみません、このところ時間がなくて……」

ありきたりの言い訳をした。けれど、どうして天地は、メールではなく会社へ電話をしてくるのだろう。つき子がメールをするなと言ったから？

なんて訊けないし、結局つき子も、何事もなかったかのように受け答えしているのだ。

「今日、取りに行きます」

「あいつにあずけておくから」

「あっ、あの、河嶋さんのお体は……」

「元気だよ。また公園へ行ってるし」

その言葉を聞いたとたん、夜の公園とトランクいっぱいのガラクタたち、その光景がふと浮かんだ。とたんに心が浮き立つような、ふわりとした安堵に包まれる。

自分が骨董店へ行けないというだけで、あの不思議な光景が消えてしまったかのように感じていた。河嶋がまた、物語売りを続けていることにほっとしている。

天地は一方的に、「じゃあな」としめくくった。

お礼を言う間もなく電話は切れたが、つき子はドキドキしていた。天地からの電話が、河嶋と古い道具の世界へもういちどつき子をつないでくれたかのように思えたのだ。

天地、という彼の名前が、月と地球儀のジャングルジムと、その隙間を埋める夜のように漂う、ガラクタたちの物語をイメージさせるからだろうか。

声がまだ、耳に残っている。声だけだと、いつもよりやさしげに聞こえたと、つき子は知らずと頬をゆるめている。たぶん、同僚に肩をたたかれるまで、会社にいることを忘れていたのだろう。

「つきちゃん、ランチに行こうよ」

びっくりして我に返る。誘いに来た同僚に、ゆるんだ顔を見られなかったかとあわてて頬を引き締めた。

「え、もう？」

「お昼のチャイム聞こえなかったの？」

「めずらしい。いつも真っ先に立ち上がるじゃない」

「えー、そうかなあ」

笑いながら、仲間と会社を出た。いつものペースを取り戻し、つき子はほっとしながら周囲に視線を動かす。日によって、ランチのメンバーが多少入れ替わるのは、お弁当を持ってくる人がいたり、仕事の都合だったりで、よくあることだ。けれどこのところ、しばらく一緒に出かけていない人がいる。急にそのことが気になって、確かめるように同僚たちを見回した。

やっぱり今日も、彼女はいない。派遣社員で、つき子よりひとつ下の女性だ。先日の飲み会で、天地につき子のメールアドレスを教えたという、彼女だった。

「ノリちゃんは、このごろお弁当なの？」

何気なく問うと、みんなが微妙な顔になった。

「誘うのやめたの。彼女、時間にもお金にもルーズでしょ」

そういえば、おしゃべりな彼女は、しゃべっていると食事が進まなくて、一時間しかない昼休みがぎりぎりになってしまうことも少なくなかった。周囲が急き立《せ》てても急ぐ様子もないのだ。そうしてときどき、財布を忘れたと言い出し、何度かつき子が支払ったこともある。

「このまえ、つきちゃんが会議でいなかったときかな。またお財布忘れたって言って、みんな切れたわけ。つきちゃんにもお金返してないでしょって言ったら、忘れてただけだって。忘れてたって言えばすむと思ってるのよ。あきれるでしょ」

彼女が忘れっぽいことは、つき子も気になっていたが、みんなが頭にくるほど気にしていたとは知らなかった、そう思うつき子も、ちょっとずれているのかもしれない。

「ああいう子にははっきり言わないと、つきちゃん、つけ込まれちゃうわよ」

つけ込まれる？　だなんて寝耳に水だ。

「そんな……、ノリちゃんはよく忘れ物をするってだけでしょう？」

「あんなのわざとよ。ランチ代浮かそうってこと。つきちゃんはそうやってね、人の言うこと鵜呑《うの》みにするからカモにされるの」

「そうよねえ、のほほんとしたところにつけ込まれるんだって。自覚しなきゃ」

そんなふうに言われるのははじめてじゃないけれど、気をつけようにも、どれがうそか本当かなんてわからない。どうしてみんなにはわかるのだろう。

ノリちゃんの、いつもニコニコした顔を思い出す。時間がなくてみんながあせっていても、財布を忘れても、ニコニコしながら「どうしようー」と言う。悪気のない笑顔は、本当に悪気はないようにしか見えなかった。

確かにつき子は、どこかずれている。欠けている。ちょっと染みの付いたテーブルクロスや、ゆがんだガラスコップみたいに、使えないわけじゃないけれど、ガラクタになる一歩手前みたいな存在だ。

だから、ブロカントに惹かれているのかもしれない。

ガラクタでも、まだ価値はあると信じたいから。

古い革張りのトランクを広げると、河嶋は、中のものを見やすいようにと並べ直す。一見、無造作にガラクタが放り込まれているかのようだが、それは注意深くレイアウトされた無造作ふうなのだ。

並べ終えると、雑多なものたちが楽しくも個性的な掘り出し物に見えてくるから不思議だ。

このあいだ成美が見ていたレースの切れ端が、今夜は黒いフェルトの上に置かれていた。白い編み目の模様がくっきりと際立って、そのまま額縁にでも収めればインテリアにもなりそうだった。

「このレース、こうして見ると一枚の絵みたいですてきですね」

社員証を取りに行き、そのままつき子は露店を手伝っている。河嶋は以前と変わりなく、大きなトランクを運び、回転式ジャングルジムの前にガラクタを並べ、棒つきキャンディーをくわえる。

「そうでしょう？　これならあなたのお友達も気に入ってくれるんじゃないでしょうか」

「成美ですか？　そういえばこのレースを気にしてたけど、彼女が、買うでしょうか」

つき子は、成美の母が見せてくれた写真を思い出した。小さいころ、レースの洋服を着たがったという成美は、これを見てそのころのことを思い出していたのだろうか。

「わかりませんが、これは彼女を待っているようでね。だから、少しでもよく見せてあげようと思ったんですよ」

「待っているんですか？　これが、成美を？」

「ええ、そうです」

河嶋は断言した。

「他の人がほしいと言ったら、どうしましょう」

「そうですねえ、そういうときは、これ自身が決めてくれるでしょう」

煙《けむ》に巻かれているようだが、なるほどと思ってしまう。しかし、ガラクタたちが待ち望む新しい持ち主は、まだ現れる気配がない。つき子は客のふりをしてトランクの前に座り込んでいるが、公園の中を横切る人も今のところいない。

静かな夜空を見上げると、屋根瓦の上に上弦の月が見える。たった今、雲間から出てきた、きれいに半分に割ったような月だった。

「いらっしゃい」

河嶋の声に、つき子は背後に立つ気配に気がついた。

「これ、まだ売れ残ってたんだ」

そう言って、成美がレースの切れ端を指差した。

「どうしたの、成美。これが気になって見に来たの？」

「まあね」

つき子の隣に座り込んで、レースの細かな編み目模様に彼女は目を細めた。

「おじさん、どうしてこの模様、鳥かごなのに鳥がいないの？」

可憐《かれん》な鳥かごには、羽が一枚だけふわりと取り残されて、そこに鳥がいたことを暗示している。

「いたんだけどね、飛び立ってしまったんですよ。ある日、レースの中から空へとね」

「レースの鳥が消えたってことですか？」

「鳥には魂が宿ってしまったのでしょう。ある、母親の魂が」

「その物語、これを買ったら聞かせてくれるんですか？」

「もちろん。物語を買っていただくのですから」

そうしてその夜、鳥かごと草花がからまる複雑な模様を編んだレースのはぎれと、その物語の持ち主に、成美はなった。

私はメヘレンという町で生まれたレースです。私が生まれたころ、メヘレンはレースの産地として有名でした。ヨーロッパの王侯貴族はみな、メヘレンのレースで身を飾ることにあこがれたに違いありません。

私と同じ工房で生まれたレースは、ルイ十五世やハプスブルク家のマリア・テレジアや、イングランドのジョージ三世のために作られたものもあるといいます。それくらい、私たちはすばらしく繊細でした。

光を透かし、向こう側が見えるほど薄く、空気のように軽く、それでいて描かれた模様は淡い影のようにゆらめいて神秘的なほど。まるで、木漏れ日とそよ風を切り取って紡いだかのようで、それはそれは貴重なものでした。

工房でレースを編むのは女の仕事でした。貧しい女たちが、日がな一日細い糸と細い指を動かし続けていました。私たちの輝くような美しさは、薄暗い工房と気が遠くなりそうな地道な作業から生み出されていたのです。

陽の光とからりと乾いた空気は、私たちの生命である細い糸を傷めてしまいます。女たちは、手元を照らす小さなランプのみで、じめじめした地下室に集められ、何百と立てたピンの隙間に糸を通し、糸巻きを交差させて、レースを編んでいきました。貴公子の襟飾りを作るのに何年もかかるほど、それは遅々とした作業でした。

ですから、レースは非常に高価なものでした。たっぷりしたドレスをレースで飾ろうとすれば、どれほどの人と時間が必要か、考えてもみてください。白い糸でできた宝石と呼ばれるゆえんです。当時の、王様の肖像画をごらんになったことがありますか？　大きなレースの襟飾りやそで飾りが、まるでその人の偉大さを象徴するように描かれているのがおわかりでしょう？

私たちは宝石と同じように、いいえそれ以上に、富と権力を象徴するもので、庶民には触れることもかなわなかったのです。

しかし、私たちを生み出すのは、けっして豊かではない女たちでした。

私を編み上げたのも、幼いころから工房で働いている少女でした。その腕前はすばらしく、工房の親方も認めるほどでしたが、彼女は心に大きな不満をかかえておりました。というのも、彼女の夢は、〝幸いの鳥〟を編み上げることだったのです。

誰もが心を惹きつけられ、涙し、やさしい気持ちになれるという幸いの鳥、その姿を編んだレースは、身にまとった者だけでなく、手を触れた者にさえ至高の幸福をもたらすと言い伝えられていました。鳥を編める職人は百年に一人現れるかどうかだというほど、特別な存在だったようです。ですから、どこのレース工房でも、幸いの鳥を編むことができるなら一生困らないくらいの報酬を与えると公言して、職人をさがしておりました。

少女は、自分こそがその、選ばれた職人になれると考えておりました。幸いの鳥は、ふさわしい人物のもとに現れ、そのイメージを与えると話に聞いていた彼女は、鳥の図案を何度もレースに編み込みましたが、どれもただ美しいだけの鳥でした。身につける人を高揚させ、見る人をうっとりとさせ、その財力と身分の高さを示すにはじゅうぶんすばらしいレースであることに間違いはなかったのですが、幸いの鳥だと少女自身にも周囲にも納得できるものではありませんでした。

どんなに美しいレースを編んでも、少女は貧しいままでした。父親を早くに亡くした彼女は、目の見えない母親とふたり暮らしでしたが、女の労働者に与えられる給金はけっしてじゅうぶんなものではなく、病気がちな母の薬代が必要になれば、食べていくのもやっとでした。

一生このままなのかと少女は悲観していました。繊細なレース編みの仕事は、目を悪くしたり体を壊すことが少なくなく、母親も、そうして不自由な生活を強いられています。幸いの鳥を編むことができなければ、彼女も母と同じ惨めな人生を歩むことになるでしょう。

そう、惨めな人生。なのに母は、いつも笑っていました。目が見えないのに、体が弱く楽しみなんて何もないだろうに、悲観することなくおだやかに微笑んでいるのです。

自分ばかりが苦労をしている。自分は、才能があるのに報われない。そう思うと、少女はいつも、母に苛立ってばかりでした。

そんなある日、少女は親方に呼び出され、レースを盗んだだろうと問いただされました。

彼女にとっては寝耳に水でした。

少女の留守中に母親が、レースをうれしそうに光に透かし、手触りを楽しんでいるところを、近所の人が窓から見ていたというのです。

貧しい家に見事なレースがあるのはおかしいと噂は広がり、少女が勤める工房の親方の耳にも入ったようでした。

少女が否定すると、親方は彼女の家に踏み込んで、髪を覆うベールほどのレースを見つけ出しました。それが、私です。

盗んだものではない、自分が編んだのだと母親は言いました。目が見えないのに編めるはずがないと、親方は言いました。おまえが編んだというなら、どんな模様かわかるのか、と。

母親は、縁取りの優雅なパターンや、草花がもつれ合い咲き乱れる模様を話しましたが、それは親方の工房で伝統的に編まれていた模様で、誰でもとっさに思いつくもの。母親が編んだ証拠にはならないと、親方は信じませんでした。

そこで母親は、幸いの鳥を編んだと言いました。親方は笑いました。

どこにも鳥などいない。

いいえ、そんなはずはありません。幸いの鳥は、レースにふさわしい人がまとったときにしか目には見えないのです。ご存じでしょう？

では、ふさわしい人を連れてこよう。もし、鳥が現れなければ、おまえの娘は罪人だ。

少女は、母がレースを盗んだのだと思いました。母のせいで自分は泥棒の濡《ぬ》れ衣《ぎぬ》を着せられてしまったと泣きました。素直に返せば、許してもらえたかもしれないのに、幸いの鳥を編んだなんて無茶な話です。

娘に責められても、母親はかたくなに私を胸にいだき、自分のレースだと言いました。

少女が生まれたとき、母親は、この子に何か残してやれないかと考えました。貧しい生活の中で、お金を貯めることは難しいでしょう。そこで、母親にできる唯一のこと、レースを編むことを思いつきました。毎日少しずつでも編めば、子供が大きくなるころには、それなりのものが出来上がるでしょう。

夫が亡くなり、生活のために昼も夜も働かねばならなくなったときも、母親は寝る間を惜しんでは私に精魂を注ぎました。娘の安らかな寝顔を見れば、不思議と疲れは吹き飛びました。

　彼女の幼い宝物は、すくすくと成長していきます。私の模様が、少しずつ広がっていくのと同じように。私は、少女とともに、母親の手ではぐくまれていったのです。

　しかしやがて、母親は体を壊し、視力が失われていくのを感じました。娘はまだ十歳です。これからどうやって生きていけばいいのでしょう。

　悲嘆に暮れる母に、娘が言いました。自分が代わりに工房へ行くと。

　少女はすでに、レースの編み方を知っていました。物心ついたころから、母親の仕事を見ていたからです。

　働きはじめて間もなく、少女は仕事をこなせるようになりました。母親はそんな彼女を見守りながら、指先の感覚だけを頼りにまだ、私を編み続けました。母親の手は、細かな作業を記憶しています。以前に、繰り返し繰り返し編んだ模様なら、目が見えなくなってからも、指先が動くうちは編み続けることができたのです。

　体が弱り床につくことが増えても、わずかでも起きあがれるときには、ベッドの下から道具を取り出して編みました。それを窓辺に広げ、光を透かし、手触りで模様の出来映えを確かめて、まぶたの奥に成長した娘の姿を思い浮かべるのです。娘が、私をまとう姿を。そうすれば母親は、不思議と安心できました。

幼い娘を働かせている自分のふがいなさを忘れることはできませんでしたが、彼女は何度も祈りました。自分の代わりにこのレースが娘を守ってくれますように、と。私も同じように祈りました。

そのころから母親は、日々のふとしたときに、鳥の鳴き声や羽音を聞くようになりました。小鳥が部屋へ舞い込んだのかと思っていましたが、気配はレースを編みはじめると現れるのです。

やがて暗闇の中に、うっすらと白くその姿だけが見えるようになりました。広げたレースの上にふわりと舞い降りて、羽づくろいをする鳥は、水面の輝きでできているかのようでした。その鳴き声は聞いたこともないもので、磨かれた水晶のように澄み切っていました。

幸いの鳥だと、母親は直感しました。彼女の目では、その美しい鳥をレースに編み込むことはできませんでしたが、心の曇りが晴れたようでした。

自分は幸せなのだと気づけたとき、まだ、娘にしてやれることがあると思えたのです。

隣人が見たのは、そんな母親が、私と幸いの鳥と、語り合っていたときだったのでしょう。

私は、間違いなく母親が編んだレースです。でもそれが事実だとしても、娘の潔白を証明するには、幸いの鳥を編まねばなりません。母親は、いつでも鳥の姿をくっきりと思い浮かべることができますが、その複雑な模様を形に表すことはもうできません。

そこで娘に言いました。

わたしの言う通りに編むの。あなたにならば編めるはずよ。

見たことがないのに、幸いの鳥を編めるはずがない。それでも少女は、母親のベッドのそばに糸巻きとピンを用意しました。

葡萄《ぶどう》の蔓でできた鳥かごを。扉はなくていいの。自由に出入りできるように。母の言葉に沿って、娘は図案を描き、ピンを刺していきました。

幸いの鳥が、そこで羽を休められるように、止まり木を用意して。草花で飾られ、木漏れ日が絶えず降り注ぐ美しい場所を描いて。

私の中に、少女は鳥かごの模様を編んでいきました。母親は、鳥の姿をひとことも説明しませんでした。ふさわしい場所を作れば、幸いの鳥は自然に舞い降りるとでもいうのでしょうか。きっとそうだったのでしょう。ですから私は、糸巻きを動かす少女の手を感じながら、鳥がやってくるのを待ちました。

母親は、ときどき体を起こし、私に手を触れて確かめ、黙って頷きました。夜は刻々と更けていきます。しだいに少女は無心になり、まるで神さまに操られているかのように手だけが動いていきます。母親が、彼女の頰に手を触れたのも気づいたかどうかわかりません。母親はそのとき、娘の髪、瞳、唇の形、ぜんぶ、指先から感じ取ったものをまぶたの奥に焼き付けようとしていました。

幼く小さかった彼女の輪郭が、いつのまにか女らしく美しく成長していることに気づいたでしょうか。そう、彼女は私と一心同体です。同じように母親のもとで育ってきたのですから、今私を、幸いの鳥にふさわしく仕上げている娘の微笑みにも、幸いが宿ろうとしているはずでした。

少女からそっと手を離し、ベッドに体をゆだね、疲れたように目を閉じる母親は、やさしくつぶやきました。

世界一、美しい鳥かごだわ。

そのとき私は確かに感じていました。鳥の羽ばたきや鳴き声が、どこからともなく近づいてくるのです。私の隅々が、糸という糸がざわめき、その気配を、翼が立てる風を感じました。少女も感じていたでしょうか。ゆるい風が、私の端をふわりと持ち上げ、母親のベッドに広がりました。私は、自分を生み出した人でもある彼女の体をやさしく覆い、アーチ型の縁取りで胸元を飾りました。

小さな窓が、かすかに明るくなっていました。淡い光が、母親の閉じたまぶたと赤茶色の髪と、真っ白な私とを暗がりから浮き立たせます。

ふと顔を上げた少女は、驚いたように手を止めました。

彼女は、幸いの鳥を見たのでしょう。

母親がまとう私の、微妙な陰影と、窓からの光に輝く白い糸とが、何かの形に見えただけかもしれません。けれど私自身も、自分が鳥になったのを感じていました。たった今編まれた鳥かごを目指すように、私の内側で幸いの鳥は羽ばたいていました。

少女のひざから、糸巻きとピンを打つ台とが落ちました。立ち上がった彼女は、横たわる母に顔を寄せます。息をしていないことに気づき、体を硬直させました。

窓辺の光は明るさを増し、母親と私とを照らします。おだやかな顔をした母親は、鳥の翼に包まれているかのようです。

誰かがドアをノックしています。母のそばに崩れる少女の背後から、返事のないドアを開けて、親方と司教が入ってきました。

司教も、幸いの鳥を見たのでしょうか。息を呑む気配が伝わってきました。私は、窓からドアへと抜ける風に自分を乗せ、ふわりとはためきました。光の角度が変わるとともに、鳥は羽ばたきます。

そのとき私は気づきました。私自身が、幸いの鳥と同じものでできていたのだと。

少女が生まれてから、毎日のように母親が積み重ねてきた模様、それこそが、幸いの鳥だったのです。この世でいちばん大切な人を想い続けることで、母は卵をあたため続けてきました。ようやくそれが孵《かえ》ったのは、少女が思いを込めて編んだ、最高の鳥かごが出来上がったから。

その鳥は、ひとりでは編めないものだったのです。

私自身でもある鳥は、葡萄の蔓でできたかごの中へと舞い降り、やがて糸の隅々へとまた拡散するように消えました。

お母さん……。少女のかすれた声が聞こえました。

私は、母親が最期にささやいた言葉を思い出していました。

世界一、美しい鳥かごを編むの。幸福は目に見えない。でもそれは、それにふさわしい場所にやってくる。それを迎え入れることができる場所に。

そういう魂の内に訪れるのだということを、世界一の鳥かごを編んだ娘も理解したことでしょう。

司教は、私のことを、幸いの鳥が編まれたレースだと断言しました。親方には鳥は見えていなかったようですが、反論する余地はなく、少女の疑いは晴れました。

その後、少女は工房を辞め、貴族のお抱えの職人になりました。私は司教に譲られて、幸いの鳥が現れるレースとして、彼を権威づけました。

あの少女がその後、幸いの鳥をモチーフにしたレースを編んだかどうかはわかりません。彼女が編んだ鳥かごに、鳥は確かに舞い降りました。そのとき彼女は、母の愛情を鳥の姿として見たことでしょう。その鳥を、あらためてレースに編み込むことがあったでしょうか。彼女があれから結婚をし、娘を持っていたなら、編んだかもしれません。そうだったらいいと思います。

フランスで革命が起こるまで、私は何度か人の手に渡りましたが、どこでも大切にされました。しかし私たちレースは、人手と時間をつぎ込んだ贅沢品《ぜいたく》、白い糸の宝石です。贅沢を憎んだ人たちの手で、多くが焼かれることになりました。フランス貴族に愛されたメヘレンのレース作りも衰退し、職人も技術も失われてしまいました。

焼かれるのを免れた私も、大きなレースで身分を誇示することがなくなった時代にはそぐわなくなり、いくつかに切り取られ、ハンカチや帽子の縁取りに使われました。今ではこの、世界一美しい鳥かごだけが、私のすべてです。

いずれはこれも、すり切れてほどけてしまうことでしょう。そのときがくるまでまだしばらく、私を身につける誰かを、幸せにすることができるでしょうか。そう信じて胸を張り、いえ、くたびれた糸を少しでも張っていようと思います。

帰り道、つき子は成美とふたりでいつものカフェに寄った。寂しい駅裏の路地から抜け出せば、街灯も看板のネオンも、車のヘッドライトもうるさいくらいに明るい。カフェのカウンター席から見える通りは、夜も遅くなりつつあるのに、ひっきりなしに人が通る。

つき子はラテを、成美はブラックを飲みながら、まだ半ば夢の中にいるような心地から目覚めようとしているところだった。

「このレース、そんなに古いものだなんて、うそみたいね。本当に本物なのかな」

成美は薄い紙包みを開き、レースを広げながらそう言った。疑うというよりは、驚きを込めたつぶやきだった。繊細な鳥かごの模様を見れば、そこにはない鳥の姿が思い浮かぶ。ふたりとも、河嶋の、物語の力にすっかりからめとられていた。

「アンティークレースの模造品はないっていうよ。今これだけの模様を編んだら、高くつきすぎて逆に損なんだって」

「詳しいね、つき子」

「最近読んだ本に書いてあったから」

「アンティークの本？」

「まあね。知らないことばかりだから、ちょっとおもしろくて」

「アンティークか。ブロカント、とは違うの？」

「ブロカントは、アンティークほどは古くないものをいうみたい。このレース、完全にアンティークよね。河嶋さんはもともと骨董屋さんみたいだから、当然アンティークも扱ってたんでしょうけど」

「ふうん、ちょっとだけ古い中古品かあ。骨董とは違って、確かにガラクタと紙一重よね」

「だから、わたしにでもわかりやすいのかも。ブロカントは、本物かにせものかなんて問いは無意味だし、それを見分ける知識とかよりも、魅力を感じるってところが大事なのかなって気がするの」

　ちょっと熱くなってしまうつき子に、成美は冷静な目を向けた。

「魅力かあ。でも、欠けたティーカップはないわ」

「まだ、河嶋さん親子をあやしいと思ってる？」

　ラテを口に運びながら、つき子は少し首を傾げた。

「あやしいよ。物語とぼろ布とをセットで売りつける商売なんて」

「買ったくせに」

ふふ、と笑った成美は、遠くを見るように目を細めた。

「レースが好きだったこと、思い出したのよね。わたしね、リボンやフリルは嫌いだった。女の子っぽいものが嫌いだったわけじゃなくて、子供っぽいから」

「子供だったのに？」

「大人にあこがれてたの。レースは、わたしには大人っぽいものだったんだ」

確かに、レースの光を透かす透明感は、子供より大人の女の色気に通じる。基本的に白という色も、控えめで大人っぽいのかもしれない。

「世間じゃ、レースはあまくてファンシーなイメージがあるから、結局大人になってもそういう服は着られないわけだけど」

「大人が大っぴらにレースを着られるのって、ウェディングドレスくらい？」

「まったくねえ」

成美は笑いながら器用にため息をついてみせた。

「だけど、レースそのものだけを見てたら、やっぱりきれいで上品だなって思ったの。それに、日常とは違う特別なときに身につけるものって気がするでしょ？　だからウェディングドレスなのかもだけど、そういう特別な、心が浮き立つようなことって、自分にはないなと思ったらむなしくて、特別なレース、持ってみたくなったのかな」

それは、つき子がブロカントに惹かれたことと似ているのかもしれない。普通の毎日を過ごすのが精一杯で、特別な楽しいことなんて遠い出来事みたいな気がする。だから、少しだけ日常を離れてみたくなる。

平凡な、いつもの自分とは違うことをしてみたくなる。だからって、大きく人生を変えることができるはずもなく、ささやかな抵抗を試みるだけだ。

「伯父からね、電話があったの。つき子がわたしの母に会ったって言ったでしょう？　その翌日。結婚とか海外旅行とか、うそだったみたい」

「えっ、うそ？」

「伯父に頼み込んで、仕事を紹介してもらったらしいの。母はさ、ずっと伯父とは折り合いが悪いっていうか、自分の兄なんだけど反発して昔から好き勝手にやってたんだ。なのに、そういう人にも突然連絡して頼っちゃうって、図太いわよね」

「仕事って、何の？」

「伯父の知り合いの旅館で働くんだって。愛人とはとっくに別れてたみたいで、お店のビル、所有者が代わったとか、建て替えで出なきゃならなくなったらしいの」

レースの、鳥かごの模様を手でなぞる。

「ホント、見栄っ張りでどうしようもない人」

そんなふうに言うけれど、母親が見栄で兄に頭を下げて仕事を得たわけではないことくらい、成美にはわかっていただろう。

　母の華やかなうそは、成美の同情を断ち切るものだったに違いない。

「お互い、やっと親離れ子離れってことなのかな。ううん、わたしが親離れできてなかった。母は、そんなわたしを突き放せなかっただけ」

　母に縛られている。縁を切りたい。そんなふうに愚痴を言ってきた彼女が、親離れできていなかったというのだ。

「伯父の話を聞いて、ショックだった。母が愛人と結婚するよりずっとショック。それで、わかったんだ。わたしは母に捨てられたくなかった。父が死んだときから、わたしには母しかいないと思ったら怖くて。いっそ、自分から離れてやろうと思ったし、彼女を否定することで、捨てられるんじゃないかという不安を紛らせてきた」

　だから成美は、自分がしっかりするように努めてきた。母が成美を頼るようになることで安心した。

「ずっとわたし、子供のころの不安を引きずったままで、独り立ちできていなかったのよ。母だから、見捨てたらかわいそうだから離れられなかったんじゃない。いつまでも、わたしにすがっていてほしかったの」

母親が洋裁をしていたころ、成美は作ってもらっていた服に注文をつけた。フリルなんていや、レースをつけて。

成美ちゃんはしっかりしてるわね。本当、レースのほうが似合うわね。そのころから成美は、母親に頼られていると思っていたし、そんな自分が好きだった。母親が作ったレースの洋服を着る自分が誇らしかった。

けれど、父親の死を機に、母親は成美にかまってやれなくなっていた。父親の借金もあった。保険金はその返済に消えたことを、成美は成人してから知ったけれど、母親が頼りないから自分が苦労をしていると思い続けていたかった。

成美は、流れに身を任せるように言葉をこぼしていく。つき子は黙って聞いている。昔、母と娘が編んだレースは、新たな持ち主の物語も吸収しようとしているのだろうか。そんなふうに思いながら。

「母が、もっと早くわたしを突き放せてたら、再婚だってできたでしょうね。わたしのせいで幸せになれなかったのに、母はいつも笑ってた。悩みなんかなくて幸せそうだった。能天気でいられるのはわたしががんばってるからだと思ってたの。わたしは、母の役に立ってる、立派な娘だって。でも母は、わたしをひとりぼっちにしないようにしてたのよ」

「そんなことないよ」

つき子は言う。鳥かごのレースもそう言っているのではないかと思いながら。

「成美がいたから、お母さんは本当に笑顔でいられたんじゃない？」

先日、つき子が会った成美の母は、これからはひとりで笑顔になろうとして、出発したのだ。旅行にでも行くようにしか見えなかった。あんなふうにうれしそうだったのは、けっして芝居ではなかっただろう。

母が編んできた幸いの鳥、母が手放すことで娘のもとへ訪れるのなら、そうするのが彼女の務めだったから。

「たぶん、これからもわたしは、母を反面教師にしていくわ」

母の望み通りに。母より幸せになるために。

「ね、成美、写真撮ろうよ」

思い出して、つき子は携帯電話を取り出す。

「なんで？」

「記念に。親離れした記念」

「なによそれ」

眉間にしわを寄せながらも、つき子がかまえる携帯のカメラに成美は向き直った。

「あ、ちょっと待って」

思いついたように、彼女は鳥かごのレースをジャケットの胸ポケットに入れる。ポケットチーフになったレースは、ふんわりと垂れ下がり、飾り気のないブルーグレーのスーツに品よく華を添える。

成美の母に届ける写真は、幼かった彼女の写真と同じように、レースを身につけて笑っていた。

三話
特等席の彼女

色白で、一重まぶたに小さな口。日本人形みたいな女の子だった。黒髪だったら、とつき子が思ったのは、彼女が髪を金色に染めていたからだ。

そんな少女につき子が会ったのは、日曜日、雨上がりのガラクタ屋の店先だった。

その日もつき子は、河嶋骨董店を訪れていた。河嶋は、昼間は留守のことが多いようだ。ひとりで作業を続けていると、近所の人はつき子のことを、河嶋が雇ったバイトだと思っているらしく、「お疲れさま」などと声をかけてくれるようになった。

このところ、玄関前はずいぶん片付いたが、なかなか指輪は見つからない。こうなると、店舗の中のほうも調べる必要があるだろうか。

うんざりしてあきらめてもよさそうなものだったが、つき子はむしろ、ガラクタをひとつひとつ確かめ、片付けることに楽しみを見出している。指輪が見つからないことに落胆するよりも、もうしばらく見つからなくてもいいのではないかとさえ思う。河嶋骨董店へ訪れる理由がなくなってしまうのはつまらない。

そうして、ガラクタを整理しながら、売れそうなものを手前に集めてみたりしている。河嶋がここでブロカントを売る気があるのかどうかわからないし、そんなことをしても足を止めて買おうと思う人が現れるかは疑問だ。つまりは単なる自己満足だけれど、見栄えよく雑貨が並ぶとなんだかうれしくなるのだった。

プラスチックのマグカップは、チープなデザインがかえって新鮮だ。牛乳瓶と一目でわかるあの形は、誰が考えて作ったのだろう。店のロゴが入ったマッチ箱も、そういえば最近見かけない。そもそもマッチを使う機会がない。懐かしくて、楽しい。

軒下に転がっていた棒きれをどけても、目当ての指輪は見あたらないが、あらためて棒きれを見ると、かなり複雑な装飾が入っているから、これも商品に違いない。杖にしては短い。何だろうとつき子が首を傾げたとき、「ちょっと」と背後から声がした。

「ここ、天地くんの家でしょ」

そう言ったのが、金髪の日本人形だ。彼女は、紺色のセーラー服を着ていた。

「たぶん、天地さんのお父さんの家です」

少なくとも彼はここには住んでいないようだったから、つき子はそう言った。少女は面倒くさそうに眉根を寄せた。

「あんた天地くんの何？」

中学生か高校生か、といった少女が、大の大人をくん付けにする。つき子のほうが、彼女が何者なのか問いたいくらいだ。

「あたし、天地くんの彼女だから。ねらっても無駄だよ」

「バカ言うな。おまえみたいなガキに興味あるか」

その背後から今度は天地が現れる。いつもの作業着ではなく、休日らしくジーンズにシャツという恰好《かっこう》だった。

「何しに来たんだ、木見矢梨香《きみやりか》。補習はちゃんと出席したのか？」

「ねえ天地くん、あたしの誕生パーティ来てよ」

彼に向き直って、少女は急にはしゃいだ声になる。

「いつだよ」

「そりゃあたしの誕生日だよ。調べりゃわかるだろ」

「じゃ、どこで？」

「来てくれるなら教える」

「お誕生会なんか友達とやってろよ。教師が行ったら興ざめだろ？　それとも、担任や他の先生も呼ぶのか？」

「呼ぶわけないじゃん。天地くんは特別」

「おいおい。特別にしちゃおまえ、おれに敬意が足りないぞ」

髪を乱暴にぐいぐいとかき乱されてもうれしそうな少女は、生意気な口調でさえなんだかかわいく見える。

「生徒さんなんですか？」

だんだんつき子にも、天地と少女の関係が読めてきた。

「そうだよ。工業高校には稀少《きしょう》な女子生徒だ」

「とにかくさあ、誕生日はプレゼントも頼むよ。そしたら天地くんのクラブに入ってやってもいいよ」

「あのなあ、部活ってのはおまえが入りたいかどうかだろ」

「だったら入らないよ。大工のまねごとをするクラブなんて」

「いとこの木見矢学《まなぶ》もいるじゃないか」

「いとこったって、ほとんど話したこともないもん」

「木見矢はおまえのこと気にしてたけどな」

「やめてよ、きもちわるい」

彼女は身震いしてみせたが、一種の照れ隠しにも思えた。

「ま、茶でも飲んでくか？　入れよ。つき子も」

天地はつき子のほうにも振り返って言う。

「あ、たい焼き買ってきました」

そばに置いていた紙袋を持ち上げて見せると、天地は笑顔になった。もしかしたら、和菓子が好きなのは河嶋ではなく天地のほうなのかもしれない。

「そりゃいいや」

戸口へ向かう天地に、少女もいそいそとついて行きかけたが、急に思いとどまったように足を止めた。

「あたし、もう行く。友達と約束してるし」

そう言うと、くるりときびすを返して駆け出していった。


ちゃぶ台をはさんで天地と向かい合うのは、何度目になるだろうか。いつのまにかつき子は、すっかりくつろいでしまっている。住人が留守でも鍵さえかかっていない、そんなだからここは、誰でもかまわず迎え入れるかのようで、他人の家とは思えないのだろう。

それに、いつのまにか天地に感じていたわだかまりが消え失せていた。あれ以来、メールの件はどちらからも触れることはなくなっている。つき子にとって、天地は飲み会で知り合った人ではない。メールをくれた人と天地が結びつかない。ノリちゃんに連絡先を訊いた人と、目の前の天地もつながらない。だから話題にさえ出なければ、あのことと彼とを切り離すのは容易だったのだ。

天地はたい焼きに頭からかぶりつく。子供みたいにうれしそうだ。

「うまいな、これ」

「でしょう？　会社の近くで、よく行列ができる店なんですよ。この焼き型、昔のものらしくて、ちょっとかわいいんです」

「たい焼きの焼き型か。子供のころこのガラクタ山の中で見つけてさ、おもちゃ代わりにしてたな」

「子供のころ、ここに住んでたんですか？」

「ああ、……母親が生きていたときは」

楽しげにたい焼きの話をしたのに、急に彼は眉間にしわを寄せた。ここには天地にとって、楽しいこととつらいことが詰まっている。

「この先にある和菓子屋には、たい焼きはなかったな。どらやきはときどき買ってた」

天地は、話題を菓子のことに戻そうとしたのだろうか。つき子にとっても気になる話題だったから、よろこんで飛びつくことにした。

「そこ、鈴カステラのある店ですよね。わたし、まだお店を見つけられないんです。鈴カステラが食べたいのに」

「好きなのか？」

「ええ。すごく懐かしくて。最近食べてないから、よけいにあのふわふわしたあまさを思い出しちゃいます」

「あの店、わかりにくいからな。すぐ近くだけど、開いてる時間が限られてるし。地図、描いてやるよ」

そう言って天地は、裏が白いチラシをさがし出し、そのへんにあったボールペンで地図を描きはじめる。

「さっきの女の子、天地さんのファンみたいでしたね」

思い出して、つき子は言う。

「ファン？　からかってるだけだろ」

若い教師相手に、そういうところはあるのかもしれないけれど、けっして嫌いではないのだろう。先生なのにくん付けも、彼女なりの親しみを込めてなのだと思う。

「あいつ、どうしてここがわかったんだ？　つけられてたかな」

学校の近くだし、彼が作業着のまま立ち寄る姿を見たとしても不思議ではない。

「それにしても、いったい何しに来たんだか」

「言ってましたよね。誕生パーティのこと」

「それが用件か？　日時も場所も言わないくせに」

「じゃあ、単に話したかっただけかも」

「学校で話せるっての」

学校では言いにくいことを、言いたかったのかもしれない。つき子がいなかったら、彼女は天地に胸の内を伝えていたのではないだろうか。先生の家だと思って会いに来たのだ。つき子がじゃまをしてしまったのかもしれない。

「誕生日、近いんですかね」

「気になるのか？」

「祝ってくれる人、いるのかなと思って。いないと淋しいじゃないですか」

あ、とつぶやいた天地は、失敗したのか、描きかけのチラシをまるめてくずかごに放り込んだ。

「そういや、いないかもなあ。転校してきて、まだ友達とかいないだろうし」

「そうなんですか？」

難しい顔になった彼は、ゆっくりお茶を飲んで、湯飲みをテーブルに置く。

「普通科の高校にいたんだけど、最近転校してきたんだ。そっちでいじめに遭ったらしい。

工業高校なんて好きで来たわけじゃないし、いろいろ不本意なんだろうな。たいていひとりでいるから、部活に誘ったり、話しかけるようにはしてるものの……女子は難しい」

「少ないっていっても、他にも女子生徒はいるんですよね？」

「いるけど、梨香はクラスメイトを避けてるんだ。ま、あの金髪だ、女子も男子も、声をかけるのは躊躇《ちゅうちょ》するみたいだし」

前の学校で受けたいじめというのは、クラスメイトや友達からだったのだろうか。そうだとしたら、新しい学校でも同性の輪に入るのは難しいだろう。

「友達と会うって帰っていきましたけど……」

「学校外に友達がいるならいいけどな」

たとえ教室にとけ込めなくても、別の場所で自分を理解してくれる人がいるなら、思いつめることもないだろう。でも、転校をするしかなかった彼女には、息抜きできるような居場所がなかったかもしれない。友達と会うという言葉も、本当かどうかわからない。

「天地先生、もうちょっとやさしくしてあげたほうがいいんじゃないですか？　頼ってきてるみたいなのに、態度がぞんざいですよ」

「やさしくしたら、たぶんあいつはおれを信用しなくなる。腫れ物にさわるように扱われるのはいやだろ」

不覚にもつき子は感心した。女子は難しいと言いながらも、意外と考えているようだ。

「本当に、先生なんですね」

「何だそりゃ」

「いえ、あまり先生に見えなかったので」

天地は舌打ちしたが、気分を害したわけではなさそうだった。あらためてチラシを引っ張り出し、再び地図に取りかかる。

「せっかくいいとこがいる高校へ来たんだから、せめて頼ればいいのにさ。そいつ、鉄道オタクで、梨香とは話が合いそうにないタイプだってのがなあ」

そういえば、ほとんど話をしたことがないと言っていた。

「鉄道オタクなのに大工クラブに？」

「木見矢は鉄研と掛け持ち。それから、家具クラブだ」

「家具？　をどうするんですか」

「作るんだよ」

そんなクラブがあるんだ、とまた感心する。

「あ、じゃあ天地さん、あの木ぎれ何だかわかります？」

首を傾げる天地を連れて、つき子は外へ出た。軒下にあった、彫刻入りの棒きれを見せると、彼はさらに首を傾げた。

「これが何かって？　知ってどうするんだ？」

「ジャンル別にまとめておこうと思いまして。いちおう、このあたりはキッチン用品。こっちはインテリア雑貨、この段ボールは文房具、おもちゃ、などとなってます」

へー、と彼は感心するよりあきれたような声を出した。

「見てください。こうして食器だけ集めてみると、本当に雑貨屋さんに並んでるものみたいでしょう？　なかなかいいデザインなんですよ。売れそうじゃないですか」

「それ、椅子かテーブルの脚じゃないか？」

つき子のアイディアは聞き流し、天地は乱暴に、棒きれについての意見に話を戻した。

「え、でも一本だけですよ」

「そうだよな。なんで脚が一本だけあるんだろ。店の中に他の部分があるのかもしれないな」

彫刻の装飾があまりにもきれいなので、家具の一部といわれてもピンとこない。しかしこれが椅子の脚なら、椅子自体もずいぶん美しいものに違いない。

見てみたい、とつき子は思う。完全にゴミ屋敷と化して、天井までガラクタが積み上げられている店舗内のどこかにあるのだろうか。

「とりあえず、分類未定の箱にでも入れておきます」

外に放り出してあった棒きれだから、少々汚れている。持参したタオルで拭きながら、にっこり笑うつき子を、彼は不思議そうにじっと見た。男の人にまっすぐに見られると、慣れてないだけに単純にどぎまぎする。そしてその感覚は、つき子にとってよくないことを連想させる。

男の人は、苦手だ。言葉の中の本音を、つき子は見抜けないから。

とっさに目をそらす。

「たい焼き、ごちそうさん」

天地はそれだけ言うと出ていった。結局、描きかけの地図がちゃぶ台に残されたままになり、つき子が鈴カステラにありつけるのはまだしばらく先になりそうだった。

☾

残業を代わるくらい、どうってことはないとつき子は思っている。退社後の予定もないことが多いため、代わってほしいと頼まれることは少なくない。断りにくくて結局引き受けるくらいなら、収入が増えてラッキーだと思うほうがずっと気持ちがいい。どうせ、自宅へ帰ってドラマでも見ているしかない時間だ。

しかし、つき子以外の人には、残業は苦痛なものであるようだ。

「ホント、ついてないですよね。こんな間違いが終業間際に発覚するなんて」

隣の席にいる後輩の男性社員がつぶやいた。つき子よりふたつ下で、経理部ではいちばん若い。

「あーあ、腹減ったな」

短い雑談にも上司がにらみをきかせるのは、トラブルのしわ寄せに苛立っているからだろう。さすがにぴりぴりした空気は、つき子でも歓迎できない。

断ればよかったかな、ちょっとだけ頭をよぎるが、今さら考えてもしかたがない。気持ちを切り替えて、さっさと仕事を終わらせようと思う。せめて頭に栄養をと、後輩にキャンディーを差し出す。にっこり笑った彼を見て、たい焼きを持参したときの天地を思い出した。

上司が席を立った隙に、つき子は深呼吸する。どうして天地の笑顔を思い浮かべてしまったのか、うろたえそうになる自分を落ち着けようとする。そのタイミングで、後輩も緊張がゆるんだように口を開いた。

「課長って、このごろ髪の毛が増えたと思いません？」

いきなりそんなことを言い出すのだ。

「えっ、……さあ」

「うちの父もそうなんですよね。ああいうのって、家族にも内緒なんですかね」

彼が言いたいのはむしろ父の話であるようだったから、つき子はほっと息をつく。課長のその話は社内では禁句だ。

「べつに隠さなくていいのにって思うんですよ」

「お父さんとは仲いいの？」

「僕ですか？　まあ普通ですよ。ふだんはとくにしゃべらないけど、尊敬はしてます。就職して、父の苦労がわかったっていうか」

「そういうものよね」

親が何を考えてるかなんてわからないけれど、そんなものだと思いながら生活している。感謝をあえて伝えることも、不満をぶつけることもないまま、何事もなく認め合っている。でも、天地と河嶋はそんな関係ではないのだ。いったい、彼らのあいだには何があるのだろう。

河嶋のトランクに入っているガラクタが、きらきらした物語の語り手になるとき、つき子はたまらなく惹きつけられる。そんなふうに、自分には無関係な彼らの物語も気になってしまう。成美には、彼ら親子のことに首を突っ込むつもりはないと言いながら、どこかで自分が役に立てないものかと、店先を片付け、古い雑貨をきれいに並べてみたりしている。そうしたところで、何の役にも立ってはいないのはわかっているけれど。

「あ、山本さん、やっぱりまたいた」

名を呼ばれて振り返ると、別の部署の先輩が経理部の部屋を覗き込んでいた。また、と彼女が言うように、残業中によく顔を合わせる先輩だ。つき子の場合は、よく代わりを頼まれるから居残ってるのだが、会社には決まって残業の好きな人というのもいる。

「高田さんこそ」

「代わってくれって言ったの、またあの子でしょう。あまやかさなくていいのよ」

「たまにですから」

「でもわたし、あの子が居残ってるの見たことないよ。要領がいいのよね。こういうとき、要領の悪いわたしたちは損よね」

高田先輩の場合、要領の問題ではなく単なる仕事好きだと思うが頷いておく。

「とはいえ、わたしも山本さんに代わってもらったことあるか。人のこと言えないな」

「何かありましたっけ？」

「ほら、この前わたしの代わりに飲み会行ってくれたんでしょう？　急遽《きゅうきょ》得意先に呼び出されて、わたしが幹事だったのに、みんなに任せきりになっちゃった」

そういえば、行けなくなったのは彼女だと聞いていた。

「どうだった？　いい人いた？」

「あー、わたし食べるのに夢中で」

「でも、その後誘われたでしょ？」

「まさか」

と言いながら、天地のメールを思い浮かべる。でもあれは、ノリちゃん宛だったのかもしれないし。

「え、誘われてないの？　わたし、山本さんのメールアドレス訊かれて、教えたんだけどなあ。あ、勝手に教えてごめんだけど、ちゃんとした人だから大丈夫だと思って」

驚いて、つき子は椅子から立ち上がってしまうほどだった。

「だ、誰にですか？」

「言っていいのかなあ。彼には山本さんのアドレスこっそり教えたんだから、逆もありか」

勝手に納得した様子で、先輩はつき子の耳元に顔を近づけた。

「弓原ってやつ。同じ大学で、バイト先も同じだったんだ。学年は下だったけど、向こう浪人してたか何かで同い年」

どういうことなのかと、つき子は混乱しそうな頭の中を必死で整理しようとした。天地は、高田先輩につき子のメールアドレスを訊いた。と同時に、ノリちゃんにも訊いた。二股か、という気がしないでもないが、連絡先の交換くらい何人としたって自由だ。

ノリちゃんの教えたアドレスが、高田先輩に訊いたものと同じだと、彼が気づいたかどうかはわからない。でも、彼はつき子に言った。どうして返事をくれないのかと。あのメールが、そもそもつき子に宛てたもので、ノリちゃんから訊いたアドレスを一度も使ってないのだとすると。

つき子は彼にずいぶんひどいことをしているのではないか。

「山本さんもてるじゃないですか」

後輩がからかうように言うけれど、つき子の頭の中はそれどころではなかった。

「まだアクションないの？　もし何か言ってきたら、一回くらいつきあってやってよ。無愛想だけど悪いやつじゃないし」

「は、はあ……」

曖昧に頷くしかない。

「そんなことより、忘れるところだった。残業をがんばる山本さんに、ご褒美をあげようと思って来たの」

そう言って先輩は、ポケットからチケットを取り出した。二枚、人気のあるミュージカルのチケットだ。手渡されたものに見入って、ようやくこちらに気持ちを引き戻す。

「いいんですか？　これ、完売したって聞きましたよ」

「知り合いにもらったんだけど、わたし、その日に予定があってダメなんだ」

あきらめていたところだったので、ありがたくいただくことにした。ついてない残業だと思ったけれど、案外、ついてるのかも、と思うのはおめでたいのだろうか。

「高田さん、僕にもご褒美くださいよ」

「まだまだ早い」

成美を誘おうかと考えながらも、ふとまた天地のことが頭に浮かんだ。メールの件の埋め合わせができないだろうかと思ったのだ。でも、こちらから誘うのも変な気がする。今さら彼も戸惑うかもしれない。

そもそもつき子は、自分から男の人を誘ったことが一度しかない。そしてその一度が、散々な結果に終わったことを思えば、どうしても二の足を踏むのだった。


旅行先で自分のためのおみやげを買ってしまうのは、旅の記念になるからだ。おみやげが目にとまるたび、そこでの楽しい時間を思い出すことができるだろう。逆にもし、悪い出来事を思い出させるようなものなら、早く捨ててしまいたくなる。捨てて、その記憶も忘れたいと思うだろう。

ものにはいろんな記憶や思いがまとわりついている。年月とともに記憶があやふやになって、現実の出来事か夢や幻かわからなくなったとしても、ものは、現実だったという証拠を示してくれる。

でも、証拠の品がなくなってしまったら、過去は急に曖昧になる。

指輪をなくしてから、つき子もそんな曖昧さに呑まれそうになっている。あれを大切にすることで、確かだったはずの自分の一部が、今にも崩れてしまいそうだ。

そうなることを恐れているから、見つからないかもしれないと思いながらも指輪をさがしている。

週末、河嶋骨董店を訪れたつき子は、倉庫状態になっている店舗の整理に取りかかった。少なくともさがしているうちは、指輪との縁はまだ絶たれていないと思えるからだ。

エプロンに三角巾、給食係のような恰好で、軍手をして手前のほうからガラクタを外へ出していく。引き出しをふさぐように置かれているのは、古いノート類だ。何冊も、デザインの違うノートが乱雑に積んであって、使われたものも新品もある。

いちばん上に投げ出されていたものを手に取ると、表紙に落書きみたいな絵があった。羽があるから鳥だろうか。しかし頭に角みたいなものがある。どこかで見たことがある。

考え込んだとき、「またやってんの？」と声がした。

セーラー服の梨香が戸口に立っていた。天地がいないことはわかっているのか、彼女は黙ってカウンターに腰掛けた。

「今日も学校だったの？」

つき子はノートを棚に並べ、立ち上がった。

「補習。あたし、補習のほうが好き。クラスメイトと顔合わさなくていいし。補習に来てる連中は誰とも目を合わさないような奴らばかりだし」

床まで届かない足を、子供みたいにぶらぶらさせる。彼女のちょっとつり上がった目は、カウンターに置いてある大きな招き猫に似ている。

「ホントは学校なんて行きたくないけど、働くのもいやだし、高校くらい出ておかないとって思うし」

なぜかつき子にそんな愚痴をこぼすのだ。それにこのあいだと違って、今日は突っかかるような態度がなかった。つき子が落とし物をさがしに来ているだけだということを、学校で天地から聞き出したのかもしれない。とにかくつき子への警戒心は、梨香の中でいくらか薄れたようだった。

「ねえ、椅子の脚は？」

それから彼女は、急に言った。

「椅子の？」

「この前あんたが見てたでしょ。彫刻の入ったきれいな椅子の脚」

「ああ、あれ。えっと、この箱に……」

つき子が取り出した棒きれを、梨香は受け取ってしげしげと眺めた。

「あなた、これが椅子の脚だってわかるの？」

「こんな椅子、見たことあるから。昔、おじいちゃんの家でさあ。おじいちゃんち、洋食屋やってたんだ」

洋食屋の隅に似合いそうな椅子を、つき子は想像した。しっかりした木でできた、黒光りする椅子だ。

「そうだったんだ。他の部分も見つかればいいんだけど。天地さんに頼んだら、家具クラブで直してくれるんじゃないかな」

元の椅子を想像して、つき子はわくわくした。

「直してどうすんの？」

しかし梨香は、そうすることに興味がなさそうだ。

「懐かしくない？」

「べつに。似てたって、おじいちゃんちの椅子じゃないし」

とりつく島もないが、その通りだった。

「天地くん、来ないかな」

椅子の話をはじめたのは梨香なのに、もう興味を失ったかのように棒きれを脇に置いてつぶやく。

「クラブに入れば授業以外でも会えるんじゃない？」

「みんなと同じときに会ってもしょうがないよ。みんなの知らないところで会いたい。相手にされてないけどね」

相手にされていないことも含めて、天地を気に入っているのだとつき子は思った。彼女にしてみれば、一見好意的に見える人は信用できないのではないだろうか。仲のよかった友達に意地悪をされたりしたのだろう。彼女をかわいそうだと思っていない、少なくともそんなふうに見える天地だから、安心してまとわりつくのだ。

つき子は、ガラクタをどけた棚の前に立つ。棚にも、うんざりするくらいこまごまとしたものが詰まっている。そんなところに、最近つき子が落とした指輪が入っているわけはないのだが、調べたくなるくらい奇妙なものが押し込まれている。

中身が入ったままの缶詰。クリスマスにお菓子を入れる赤いブーツ、宝貝をつないだネックレス。ブタの貯金箱。アルミの飛行機。

「あんたさ、気にくわないやつとかいる？」

梨香の話はコロコロと変わる。

つき子の目の前の棚みたいに、梨香の中にも整理されないままの思いが詰まっているのだろうか。価値のあるものもないものも、一緒くたになっていて、彼女自身にも手をつけられない状態で。

「うーん、とくに思いつかないな」

「じゃ、気にくわないって言われたことは？」

「普通、面と向かって言わないでしょう？」

「態度や空気でわかるじゃん」

「わたし、そういうのにぶいみたい。だって、態度や空気なら、思い過ごしや勘違いかもしれないし」

「おめでたいね」

そう言われることはよくあるが、事実自分はおめでたいのだろう。

「だからね、損してるってよく言われる。利用されてるって。言うことを鵜呑みにして疑わないから、だましやすいんだって」

「じゃ、だまされたことあるんだ」

「……うん、ある。はじめて宝石を買ったの。わたし、あんまりアクセサリーをつけないし、宝石がほしいと思ったこともなかったんだけど、知り合いがとても困ってたから。すぐにお金が必要だったらしくて、わたしが助けなきゃって思ったの。だけどね、その人が困ってたって話はうそだったんだ」

「その人、親しかった人？」

「うん、そう」

「それ、どうなったの？　やっぱり捨てた？」

「ううん、ずっと持ってた」

どうして、と訊かれたら、うまく答えられそうにないと思ったが、梨香は「ふうん」とだけ言って、考え込んでいた。

相変わらず足をぷらぷらさせながら、うつむいたままぽつりとこぼした。

「あたしも、だまされたことあるよ」

金色の髪が前に垂れ下がり、表情はよくわからない。

「前の高校で、あたし、友達いなかったんだ。ううん、自分では友達だと思ってた人たちが、そうじゃなかったわけ。いつも一緒にいたし、仲良しのつもりだったけど、使いっ走りにされたり、面倒な役目を押しつけられたり。宿題のプリントも、あたしがやっていかないと、その日は口きいてもらえなくなるの。みんな、あたしのを写すつもりでやってないから。そんなの友達じゃないよね。わかってても、ひとりきりになるのが怖くて何も言えなかった。だから、笑って言うことをきいてたけど、グループのひとりにね、愚痴ったことがあるんだ。あたしだけ、なんか不公平じゃない？　って」

淡々と、言葉は続く。

「そのときの、あたしの愚痴がみんなに伝わって、生意気だってことになったみたい。あたしは何も知らなくて、もうすぐ誕生日だってときに、みんなでパーティしようって話になって、単純によろこんでた。不満もあるけどやっぱりみんな友達なんだと思ったわけ。カラオケボックスにみんなで集まることになって。だけど、誕生日にそこへ行ったらあたしだけで、いつまで経っても誰も来なかった……」

電話もメールもつながらなかったという。予約したときに頼んであった、食べ物やドリンクや、ケーキが届いて、ぽつんと座っているしかない彼女は、どれほど惨めな気持ちだっただろう。

「次の日、みんなに、どうしたのって訊いたら、忘れてたって。明らかに示し合わせたって感じ」

それで彼女は、天地に誕生日の話をしたのだろうか。今度こそ誰かに自分の誕生日を祝ってもらいたいと。

「ねえ、あなたの誕生日、いつなの？」

「祝ってくれんの？　かわいそうだから？」

かわいそうだなんて思われたくないのだ。天地がそう言っていたことを思い出し、つき子は口ごもる。

梨香はふいに顔を上げ、手をたたいて笑い出した。

「やだ、信じたの？　うそー！　ホント、だましやすいんだ？」

一瞬あっけにとられたが、思い直してつき子も笑った。

「もう、あなた演劇部が向いてるんじゃない？」

彼女に調子を合わせたものの、今のがとっさの作り話には思えなかった。ただ、彼女がうそにしたいならそうしようと思ったのだ。

「演劇部だったよ。文化祭でミュージカルやって、一年だからバックで歌と踊りだけだったけど楽しかったな。その後すぐやめたけどね」

それも、いじめや転校のせいでやめざるを得なかったのだろうか。

「そうだ、ミュージカルだったら、もらったチケットがあるんだけど、いらない？」

昨日高田先輩にもらったチケット、そのささやかなラッキーを、彼女にあげてもいいと思ったのは同情だろうか。むしろ、梨香に親近感をおぼえたからかもしれない。

誰かのうそに、少しばかり傷ついて、どうやってそれを癒そうかもがいているところが似ている。原因ももがきかたも違うけれど、同志のような気持ちになったのだ。

「あ、これ！　見たいと思ってた」

「本当？　二枚あるから誰かと……」

しかし、梨香には今、誘うような友達がいるのだろうか。口ごもったつき子に、あっけらかんと彼女は言った。

「あんたと行こうかな」

「わたしと？」

「あたし、誘う人いないもん。天地くんはぜったい一緒に行ってくれないし」

教師が女子生徒とふたりで出かけるのはまずいだろう。

「じゃあ、行こうか。わたしも見てみたかったし」

「決まりね」

やっと年齢相応の梨香を見たような気がした。

つき子はうれしかったのだ。ここへ来るようになって、平凡でついてなくて、くすんだ毎日を送っていた自分に、少しだけいいことが起こるようになった。小さなガラクタがちょっとした輝きを放つように、自分もその恩恵を受け取っているような気がするのだ。

けれど梨香は、またつき子の前で手のひらを返した。つき子が渡したチケットを、しげしげと眺めていたかと思ったら、いきなり破り捨てたのだ。そうして、冷たく笑う。

「あたしのこと、よろこばせてあげたと思ってる？　あんたホントにおめでたいね。だからだまされるんだ。意地悪されたことないって？　されても気づかないんだよ。あんたを嫌って、嫌味言ったり態度で示してる人はいっぱいいるよ」

「梨香、何してる」

そのとき、天地の声が店内に響いた。戸口に立った彼が、梨香をにらむように見て、それから彼女が破り捨てたチケットの切れ端を拾いあげた。

「つき子の？」

つき子が答える前に、梨香はカウンターから飛び降り、天地のそばをすり抜けて飛び出していった。

「あいつ、ひどいこと言ってたよな」

天地もショックを受けたような顔だった。

「いいんです、わたしが押しつけがましかったの」

「……チケットか。それ、弁償させるから」

「もらい物だから平気です。どのみち、梨香さんにあげようと思ったところだったんです。だから、もう彼女のものだってことで」

「でも、あいつは詫びるべきだ」

真剣な顔で彼はそう言う。そこには、教え子への厳しい愛情が見え隠れする。先生の顔だ。

「意外と、曲がったことが嫌いなんですね」

「おれが曲がった人間だからだよ。おれみたいになっちゃ最悪だろ」

「あなたの、どこが最悪に曲がってるんですか？」

「人を許せないところ」

それは、父親を許せないということだろうか。

「梨香に、いつか友達を許せるときがくるのかどうかわからない。けど、あんなふうに周囲に敵意をむき出しにしてたら、いつまで経っても友達ができない。誰もあいつを好きにならない」

年頃の少女にとって、そんな孤独はたえられないだろう。

「あなたには敵意を向けてないでしょう？」

「あんなの、茶化してごまかしてるだけだ。おれにだって本音を言ったことないよ」

だとしたら、どうして彼女は、つき子にいじめられたときの話をしたのだろうか。自分で否定したように、あれはうそなのか。もしうそでないなら、何を求めているのか。考えてみたけれど、彼女をよく知りもしないつき子には理解できそうになかった。

ただ、ひとつだけ気になっている。椅子の脚に、梨香が興味を示したことだ。彼女が今日、つき子と話をする気になったのは、先日ちらりと見た椅子の脚を、もういちど見たかったからではないのだろうか。

「あ！　天地さん、あれ、椅子の脚じゃありません？」

見上げた棚に、突き出した棒状のものが目につき、つき子は声をあげた。

「は？　脚？」

取ろうと手を伸ばしたが、つき子には微妙に届かない。

「危ないって。どけよ」

天地が代わりに手を伸ばす。積み上げられたガラクタの隙間に突き刺さっていたそれを、慎重に取り出す。

「むやみに引っ張ったりしたら、ここのは雪崩を起こすんだからな」

起こしたことがあるのかと思うほど深く眉間にしわを寄せて、彼は椅子の脚を差し出した。

「ありがとう。ほら、やっぱり同じ脚ですね。あと二本あれば脚はそろうんですけど」

「このあいだのやつか。これ、椅子なのか？」

「梨香さんが椅子だって言ってました。同じようなのを見たことがあるんだそうですよ」

「ふうん。いい椅子だったただろうな。これ、オークだし、木目もきれいだ。彫刻だって丁寧で、微妙なカーブと二本の模様がきちんとそろってる」

「おじいさんの洋食屋さんにあった椅子に似てるんですって。この椅子をきちんと組み立てたら、梨香さんよろこぶんじゃないでしょうか」

天地は不可解そうに、二本の棒きれを交互に見た。

「そう言ってたのか？」

「いえ、あまり興味がなさそうでした。でも、記憶に残ってるってことは、彼女にとって意味のあるものかもしれないでしょう？」

「古くさい椅子に？　何の意味が？」

それは梨香にしかわからないだろう。ただつき子は、これが椅子の脚だと聞いたとき、ある本のことを思い出した。子供のころに読んだ本だ。

「天地さん、『ふたりのイーダ』って童話、知ってます？」

知らない、と天地は言う。

「古い椅子が出てくるんです。その椅子は、いなくなったイーダっていう女の子をさがして、空き家になった洋館の中を歩き回ってるんですね。椅子は女の子が好きで、淋しくてしかたがないんです」

「まさか、椅子が梨香の友達になるとでも？」

自分でも、断片的な思いだけが頭に浮かんで、『ふたりのイーダ』の話をした。結局、何が言いたかったのかよくわからない。でもたぶん、天地が言うような意味のことを考えていたのだと思う。

「……無理、でしょうか？」

「おもしろいな、つき子」

「バカにしてます？」

「感心してるんだよ」

あまりにもばかばかしくて、かえっておかしかったらしい。天地は急に笑い出すと、しばらく止まらなかった。

「とすると、椅子をよみがえらせないとな。同じ椅子の部品があるとは限らないけど、その脚に合いそうなものならあるんじゃないか？」

それでも意外と前向きに、つき子の意見を受け止めてくれている。

「どういうのが合うかな」

「こう、ビロードが張ってあったりする感じでしょうか？」

「洋食屋だからな。よごれにくい座面なんじゃないか？　座り心地も重要だし。それからこの脚、横木が使ってあったはずだから、それにも彫刻があったんだろうな。となると、肘置きや背もたれにも彫刻がありそうだ」

なるほど、家具クラブの顧問だけあって、いくらか椅子の造形にも詳しそうだ。

「じゃ、どんな感じか、完成図を描いてみてくださいよ」

めんどくせー、と言いながらも、奥へ入っていった天地は、白いチラシと鉛筆を持って戻ってきた。

カウンターの上で、さらさらと鉛筆を走らせる。立体的な椅子の形は、設計図のように正確だったから、そういうものを描き慣れているのだ。地図は苦手だったようだけれど、と思い出しながら、つき子は図面を眺めた。

「もうちょっと、西洋風の雰囲気がほしくないですか？」

「じゅうぶん洋風だろ」

「脚と背もたれが合ってないかなあ」

「おれのデザインに文句をつけるな」

「元の椅子の想像図でしょう？　勝手にデザインしちゃだめじゃないですか」

「想像図をデザインしてるんだよ」

ああでもないこうでもないと、言い合いながら椅子を描き起こしていると、うち解けた人と接しているかのようだ。

すぐに気を許さない、と成美に叱られそうだと思ったが、天地も楽しそうに絵を描いているのに、慎重になる必要があるだろうか。

でも、つき子は思い出す。天地にあやまらなければならないことがある。

しかし天地は上機嫌に、しゃべりながら椅子をいくつも描いている。今そんな話を蒸し返す勇気がない。

「おや、今日はにぎやかですね」

そう言って河嶋が帰ってくるまでに、いくつも椅子のデザイン画が出来上がっていて、つき子は結局何も言い出せないままだった。

「あ、お帰りなさい……」

「何をしてたんです？」

「椅子の完成図を考えていたんです。この椅子、脚が二本だけ見つかってるんですけど」

彫刻のついた棒を見せると、河嶋は深く頷いた。

「ああ、その椅子なら、確か、どこかにあるはずですよ。アールデコのチャーチチェア、なかなかの逸品だったんですが、廃品としてバラバラにされていましてね」

それがここへ持ち込まれたようだ。

「どんな椅子だった？　この中に似たのがあるか？」

天地は河嶋にチラシ裏の絵を見せる。覗き込んで、彼はひとつを指差した。

「たぶん、こんな感じでは」

左右対称の、かっちりした形だけれど、脚の彫刻からするに装飾が優雅な雰囲気に見せてくれることだろう。

しっかりとして座り心地よく、眺めるにも美しい、そんな椅子を見てみたいという気持ちが、つき子にもふつふつとわいてくる。

「わたし、さがします。そしたら天地さん、元通りにしてくれるよね」

「さがし物が増えたってのに、うれしそうだな」

天地が笑うと、河嶋はまぶしそうに目を細めた。そのときは、天地と河嶋が普通の親子に見えた。

けれど後日、河嶋はつき子にぽつりと言った。

「天地の笑った顔が見られるとは思いませんでした。あなたのおかげですね」

児童公園で、ベンチに腰をおろした河嶋は、棒つきキャンディーをくわえながら星空を見上げていた。広げたトランクにつき子が近づいていったときも、そのまま視線をおろすことなくそう言った。

「少なくとも私の近くでは、笑わないようにしていたんだと思いますから」

「天地さん、そうはいっても骨董店へよく来ますよね。河嶋さんのこと心配してるんじゃないでしょうか」

「心配……、さあどうでしょうか。彼が私をうらんでいるのは確かですが」

うらんでいるのは確かだなんて、自分でそんなふうに言うのは息が詰まるだろう。河嶋は淡々とした口調だったが、眉間には苦しそうなしわが刻まれていた。

「……じゃあ、本当のところ、天地さんには来てほしくないと思ってます？」

「どうしてほしいかなんて、私には言えません。わかるのは、まだまだ物語が足りないということだけです。私が許されるにはまだ……」

トランクの中には、語られるのを待っている物語の断片が詰まっている。いくつものブロカントが。

誰かが公園へ入ってくる。地面の小石を踏む音に、河嶋が視線を地上におろす。

「あのう、天地先生のお父さんですか？」

こちらへ近づいてきて立ち止まったのは、制服姿の少年だった。

「そこの骨董店にいなければこちらだと、天地先生に聞いたもので」

奇妙な光景が現実かどうか確かめるように、少年はガラクタ入りのトランクと河嶋と、回転式ジャングルジムとが作る三角の空間に忙しく視線を動かした。

「生徒さんですかな？」

「はい。家具クラブの、木見矢学といいます」

梨香のいとこだと、名前を聞いてつき子は思い出した。黒縁メガネをかけたまじめそうな生徒で、梨香とは確かに共通点がなさそうだった。

「ご用件は？」

「椅子が、ほしいんです」

「もしかして、洋食屋さんの椅子に似てるって椅子を？」

つき子は思わず口をはさむ。河嶋の店へたびたび現れるつき子のことも、天地が話していたのか、ガラクタトランクの前に座る奇妙な女を不思議がる様子もなく、彼は頷いた。

「脚しか見つかっていないそうなので、僕にもさがすのを手伝わせてくれませんか」

「どうですか？　つき子さん」

「わたしはもちろんかまいませんが。でも、椅子をどうするの？　あれ、梨香さんのことと関係あるの？」

　そうとしか思えなかった。学は生まじめな表情のまま、「はい」と答えた。

「梨香ちゃんがよく来ていた洋食屋は、僕の家です。母と僕と、祖父母の四人で住んでいました。店の二階が僕の部屋だったんですが、梨香ちゃんが店へ来ると、楽しそうな声がよく聞こえてました」

　学は、梨香が苦手だったという。部屋にこもって本を読んだりゲームをしたりが日常の学にとって、いとことはいえ女子とどんな話をすればいいかわからなかったし、電車が好きだということを笑われたことさえあるので、子供のころから距離を置いていたらしい。

　梨香は両親が共働きで、小学校へ上がったころから、学校が終わると祖父母のいる学の家、つまりは洋食屋へ現れるようになった。親が帰ってくるまで、祖父母が彼女を預かっていたのだ。

「彼女が来ると、にぎやかな声ですぐにわかりました。洋食屋の、いちばん隅の席に陣取って、祖父のナポリタンやホットケーキを食べるんです。彼女の指定席みたいなもので、常連客にもすぐに受け入れられて、かわいがられてました」

天地が描いた椅子のイメージを、つき子は思い浮かべる。それが洋食屋の片隅にあることを想像する。しっかりした黒光りする椅子。同じオークでできたテーブルもあるだろう。格子の窓には明るい色のカーテンが掛かり、店内はいい匂いで満ちている。梨香はそこで、親が迎えに来るまでの時間、絵を描いたり宿題をしたりしただろうか。ずっとそこにいたいくらい、座り心地もよかったに違いない。

「祖父母も彼女を気に入っていました。明るくて人見知りしないし、あまえるのが上手だったから。僕はたぶん、うらやましくてやきもちを妬《や》いてたんです」

彼自身は、同居の祖父母に愛嬌《あいきょう》を振りまくようなことはなく、大好きなナポリタンやホットケーキにも素直においしいと言ったことがなかったから、きっとよろこばせ甲斐《がい》のない孫だった。自分でそんなふうに言うのだ。

「僕が、梨香ちゃんを追い出したようなものでした。彼女のお気に入りの席から追い出したんです」

あるとき、梨香は友達の誕生パーティに呼ばれ、どんなに楽しかったかを興奮気味に祖父母に語った。少し成長すると女の子たちは、アイドルを好きになったり洋服に興味を持ったりするように、友達を呼んで開く誕生パーティにあこがれるようになった。パーティに呼ばれたから、自分もみんなを招きたいと思うのだ。

　梨香の家はもちろん、忙しくてそんな余裕はなかっただろう。そこで彼女は、祖父母にお願いをした。店の定休日なら、ということで、祖父母は引き受けた。梨香は、友達に祖父のナポリタンを振る舞うことを考えて、すっかり浮かれていたようだった。

　しかしその日、学が急に腹痛を起こし、祖父が病院へ連れていかなければならなくなった。誕生パーティを開いている場合ではなくなり、祖父母はうろたえるほど学の体を心配した。これまで彼は、熱を出したり風邪をひいたりすることさえほとんどなかったからだ。

　梨香の誕生パーティは中止になった。

　学の仮病は、その後すぐに、祖父母にばれた。仮病だったということが、梨香にも伝わったかどうかはわからない。けれど、薄々感じたのではないだろうか。

　母親にはこっぴどく叱られたが、祖父母は学を責めなかった。これまで、学のために誕生日のパーティをしたことがなかった、との思いからだった。

　それから間もなく、梨香は祖父の洋食屋へは来なくなった。母親が仕事を辞めたか、パートタイマーになって家にいることが多くなったためだと学は聞いた。

「考えてみれば、彼女だって両親が忙しくて、誕生日を祝ってもらえなくて淋しかったんでしょう。だから、祖父母のパーティを楽しみにしてたのに、僕が、バカげた嫉妬で台無しにしてしまいました」

　ずっと気になっていたに違いない。

「僕のせいで、彼女は友達にパーティを断らなければならなくなっただろうし、その後もうまく友達を作れなくなったんじゃないかって、どうしてもそう思えて……」

　地球儀に似た回転式ジャングルジムに腰掛けた彼が、小さく身じろぎすると、それは泣いているみたいにきしんだ音を立てた。

「だから、彼女のためにきみが、似た椅子をプレゼントしたいんですね」

　河嶋のおだやかな声に、学は頷く。

　心地のよい椅子から追い出したのかもしれないなら、椅子をプレゼントするしかないと思ったのだろうか。

「天地先生に見せてもらった椅子の絵、僕の記憶にある店の椅子によく似ていました。組み立てて、彼女に見せたいと思うんです。もらってくれるかどうかはわかりませんけど」

「きみが椅子を買うなら、その椅子の物語も、引き受けてもらうことになります」

「物語、ですか？」

　そこは天地にも聞いていなかったのだろう。学はびっくりしたように河嶋をじっと見た。

「いとこに椅子をプレゼントする、その気持ちが変わらないなら、話しておきましょうか」

私は、ある小さな教会で使われていたチャーチチェアです。佐世保の沖合にある離島の、白い漆喰《しっくい》の壁に囲まれた教会でした。青い海と青い空にはさまれて、くっきりと白く浮かび上がる教会は、海の上からもよく見えると評判でした。

そんな教会の、いちばん後ろの列に、私は並べられておりました。礼拝のとき私に座るのは、漁師やその家族がほとんどでしたが、それというのも、私の背もたれにはツバメの模様が彫刻されていたからでしょう。渡り鳥のツバメは、毎年同じ場所で巣作りをします。必ず帰ってくるということで、危険な海で働く漁師にとって、とても縁起のいい鳥なのです。

私は、島の漁師とその家族なら、顔も名前も覚えていました。誰もがいちどは私に腰掛け、礼拝を受けたことがありましたから、週末になるたびに同じ顔ぶれを確かめては、みなの無事を安堵していました。

私の友達は、漁師ばかりではありません。港に棲《す》む猫が、ときおり教会を訪ねてきました。開け放たれた扉から自由に出入りし、私の脚に体をすりつけ、座面に乗って毛繕いをはじめます。ほっそりした白い猫で、青い目をしていました。神父さまも、町の人々も、彼女のことをとてもかわいがっていて、教会への出入りが許されていましたし、日がな一日私の上でのんびりと眠り、毛繕いのついでに私の背もたれもなめてくれるかわいいやつでした。

その年彼女は五匹の子猫を産み、私に紹介してくれました。子猫たちも私を気に入り、毎日のように訪れるようになりました。

のんびりとした島で、みなが幸せに暮らしていましたが、ある日、大きな嵐がやってきました。

ひどく海が荒れて、漁師たちの乗った船を飲み込みました。高潮で、町にも水があふれました。教会の中にもどんどん水が流れ込み、私たちチャーチチェアは、ぷかぷかと浮き上がりました。いちばん後ろの列にあった私は、外へと流されてしまいます。

教会前の道も、並ぶ民家も水浸しでした。雨風は絶え間なく、空は暗く雲が渦巻いています。海のうねりも激しく、いつもならのんびりと港に並んでいる船も見あたりません。みんな流されてしまったのでしょうか。

高台へと続く坂道を、人々がぞろぞろと登っていきます。みな海のほうに目を凝らすのは、漁師たちの身を案じているのでしょう。泣いている人もたくさんいました。

私は、川のようになった道を流されながら、あたりをぐるりと見回しました。子猫の鳴き声が聞こえたのです。ようやく見つけたそれは、木の枝にしがみついて鳴いていました。あの白い猫の子供でした。母親や兄弟と離ればなれになってしまったのでしょうか。

　細くしなる枝から、今にも子猫は落ちてしまいそうです。水の中へ落ちたら大変だと、私は子猫のそばへ急ぎました。

　すると別の方向から、今度は赤ん坊の泣き声が聞こえました。ゆりかごが流れてきます。水が渦巻く方向へ引き寄せられていくのが見えます。このままでは、建物の壁にぶつかってしまうかもしれません。ゆりかごが壊れたら、赤ん坊が沈んでしまうでしょう。

　私は流れに身をゆだねてゆりかごのそばへ回り込み、そっと受け止めました。同時に、堅牢な石壁が私の背もたれをこすりましたが、ゆりかごが衝突するのは免れました。

　ほっとする間もなく、子猫が枝から滑り落ちました。私はあわてて、流れてくる子猫のほうへ脚を伸ばしました。かろうじて脚につかまった子猫は、必死になってのぼってくると、私の座面にへばりつきました。

　子猫を乗せ、赤ん坊の入ったゆりかごをかかえながら、私はやっとの思いで急な流れの渦巻きから逃れました。ようやく一息つけたものの、まだ私たちは流されています。濡れそぼった子猫は震え、不安そうです。それでも私には、母猫や兄弟たちの匂いがするのでしょうか、じっと座面にしがみついています。赤ん坊は泣きやみましたが、雨風にさらされて弱ってはいないでしょうか。

私自身も、ふがいない思いでいっぱいでした。

私が船だったらよかったのに。ツバメの模様がついた船だったら、嵐の海だったって、漁師を乗せて帰ってきたことでしょう。逃げ遅れた町の人を乗せることだってできます。しかし私は、椅子です。木でできていても船ではありません。助けられたのは、赤ん坊と子猫だけ。

いいえ、この子たちだけでも、本当に助けなければ。必死で障害物を避け、風を避けて、流れてきた赤い帽子を目立つように背もたれに引っかけて、私は助けを待ちました。

そうして運よく、赤ん坊と子猫と私は、神父さまに見つけられ、ボートの上に引き上げられました。

赤ん坊は、私も知る漁師の子供でした。神父さまに連れてこられた母親は、よろこびにむせび泣きましたが、その涙には夫を亡くした悲しみもまじっていました。あの日帰ってこなかった船に、漁師の夫は乗っていたのです。

子猫の、母猫と兄弟たちの行方はわからないままでした。それでも赤ん坊の母親が、子猫と私を引き取り、家へと連れ帰りました。

それから私は、長いことその家で過ごしました。テラスに置かれた私は、赤ん坊と子猫を座らせ、日がな一日海のほうを眺めることになりました。子猫はすぐに大きくなり、自分の子供たちを連れてきたかと思うと、その子たちも巣離れしては気まぐれに子猫を連れてくるのでした。ときには増え、ときには減る猫たちに囲まれて、赤ん坊もすくすくと育ちました。大人になって、彼女は漁師の男と結婚しました。結婚後もずっとその家に住み続け、テラスで私に腰掛けては編み物をし、猫と戯れ、夫の帰りを待つのが常でした。彼女は私を命の恩人として、生涯大切にしてくれました。

年月が過ぎ、彼女の子供たちは、大きくなると島を出て、都会へ行ってしまいました。夫が亡くなると、彼女はひとりきりになり、やはり海のほうを眺めて過ごしました。やがて彼女は、私に腰掛けたまま、眠るように神に召されました。

あの嵐の日を耐えた古い家は、ぼろぼろの空き家になり、私のそばには猫ばかりになりました。

私も、すっかりニスがはがれ落ち、色あせて、あちこちがきしむようになりました。猫たちが引っ掻いた傷もたえません。でも、私はこの年月の間に、とても大切なことに気づきました。

私のまわりには、昔、教会で出会った白い猫がいます。木の枝につかまっていた子猫がいます。その兄弟たちもいます。彼らは何度も、生まれ変わっては私のそばへ来てくれていました。猫は、九つの命を持っているのだそうです。そうして何度も生まれてくるのだとか。

人はどうでしょう。どこかで、あの日帰ってこなかった漁師たちや、私の親友になった赤ん坊や、みなに慕われていた神父さまや、懐かしい人たちが、また日常を営んでいるのでしょうか。

私は、私を愛してくれたみんなのために長生きしている。何度でも、生まれてきたみんなに安全と安心を与える場所になるために。

そうして私は、旅に出たいと思うようになりました。ここで朽ち果てるのを待つのではなく、自分から、世界のどこかにいるのだろうみんなに会いに行きたくなったのです。

友の猫たちが、ときどき食べ物をくれるらしい若い男を連れてきてくれました。彼は私を運び出し、古物商にあずけました。トラックの荷台ごとフェリーに乗って、私は生まれてはじめて、その島を離れました。

小さな窓から、かつて海辺にあった教会が、丘の上に、同じ白い漆喰を輝かせて建っているのが見えました。

新しい場所で、新しい友に出会えるなら、私はまた、新しい物語を得ることができるでしょう。

梨香はあれ以来、河嶋骨董店へ現れていなかった。学校では、天地のことも避けているらしい。つき子に八つ当たりしたところを見られて気まずいのだろうと彼は言うが、つき子は、彼女の傷を広げてしまったようでやりきれなかった。

椅子のほうは、幸い座面と背もたれが見つかった。背もたれが一部壊れていて、修理が必要だが、技術的に難しいので思い切ってデザインを変えることにしたらしい。ツバメの彫刻は無事で、想像した通り二股の尾をぴんと伸ばし翼を広げて飛んでいる姿だった。脚は一本足りなかったが、新しく作ることになった。複雑な彫刻はまねできないが、しっかりした脚を作れば心地のいい椅子になるだろう。

修理の作業も、家具クラブで順調に進んでいるとのことだった。

つき子はまた、自分の落とし物さがしに骨董店を訪れていたが、外と違って店内は細かなガラクタが多く、小さなものを見つけようとするのは至難の業だ。結局、天地と茶の間で抹茶ケーキを食べている。和菓子ばかりってわけじゃないんだ、とつき子が言うと、抹茶は和菓子だろ、と返ってきた。

「ねえ、天地さん、あの椅子、猫が引っ掻いたような傷がたくさんありましたよね」

「ヤスリで磨いて、ニスを塗れば目立たなくなるさ」

「それに、ほのかに潮の香りが」

「は？　そりゃ気のせいだ」

「河嶋さんは、物語を、ものの状態から想像してるのかな。それとも……」

「ものがしゃべるわけないだろう」

本当にものが語ったのではないかと、つき子がちらりとでも考えたことを見抜いたように彼は言った。

「あいつはきっと言うよ。もの自身が語ったんだってね。ま、傷や使われかたからいろんなことがわかるだろうし、調べればいつごろどこで作られた製品かはわかるし、当時の背景や、どういう人が好んで買ったかもわかる」

ならば、ものを深く知ろうとすれば、それが持つ物語は自然と浮かび上がってくるのだ。作り話、というほど事実とかけ離れた話ではなく、おそらくは事実に近い物語だ。そう思うつき子は、河嶋の話術にすっかりはまっているのだろうか。

「わたし、河嶋さんの話す物語が好き。本当に、ものに心があって、持ち主を愛《いと》おしく思っていたかのようで」

「そんな、きれい事じゃないよ」

そう言うとき、天地は暗い目をする。つき子は何だか息苦しくなる。けれど彼は、一瞬で教師のほうの天地に戻る。台所側のドアから、学の声が聞こえたからだ。

「よう、学じゃないか。入れよ」

こちらを覗き込んでいた学は、軽く会釈して入ってきた。

「先生、梨香ちゃんのことなんですが……。前の学校の生徒と会ってたんです。昨日帰りに、駅前のコンビニで話してるのを見かけて」

畳の上に座るなり、彼は心配そうに言う。

「梨香をいじめた友達か？　だとしても、仲直りしようってことかもしれないだろう？」

「でもまた、彼女がいやな思いをさせられることはないでしょうか。梨香ちゃんが立ち去った後、その子たち、ひそひそ話しながら笑ってたし」

「梨香の様子は？　怯《おび》えたり、逃げようとしてたか？」

少し考えて、学は答えた。

「いえ、落ち着いてるように見えましたけど、笑ってはいませんでした。ただ、誕生日がどうのって言葉がちらりと聞こえて。梨香ちゃんは去年、誕生パーティを友達とするって言っていたのに、それをすっぽかされて以来学校へ行けなくなったらしいと祖母に聞きました。

なのに、また誕生日の話をその子たちとしてたのかなって、気になるんです」

学は、誕生日の苦い思い出を梨香に残してしまったと気にしている。梨香がまた、友達との誕生パーティでいやな思いをしたと聞けば、自分も責任を感じるのだ。

梨香が、仲間はずれにされた誕生パーティのときに、学との一件を思い浮かべたかどうかはわからないけれど、彼女は誕生日にこだわっている。親しい人と祝えないことが、きっと傷になっている。

「ねえ、わたし、それとなく梨香さんに訊いてみましょうか？　女どうしのほうが言いやすいこともあると思うの」

「でも、つき子のチケット破ったから気まずいだろうし、素直に話しそうにないんじゃないか？」

あれ以来、ここへ来ないのだから、つき子にも会いたくないと思っている可能性はある。

「彼女、友達にすっぽかされた話、わたしにしてくれたんです。だから、わたしも気になるし、よけいなお節介かもしれないけど、わたしはここで会っただけの部外者だから、これから彼女が天地さんや学くんのいる学校で気まずくなることはないでしょう？　今度の土曜日、梨香さんに声をかけてみてもいいでしょうか」

その日が彼女の誕生日だそうだ。

「まあ、そうだよな。様子を探ってみてくれると助かるよ。前の友達と楽しい誕生日を過ごせるならそれに越したことはないわけだからな」

　すみません、とつき子に頭を下げる学も、とりあえずはほっとしたようだった。


　補習を受けるために学校へ来ているはずの梨香を、つき子は校門の前で待ち伏せした。天地に聞いていた時間に、見つからないよう隠れながら様子をうかがっていると、梨香がひとりで校門から出てくるのが見えた。

　声をかけるタイミングをうかがいながら後をつけることにする。梨香はずいぶん急ぎ足だ。しばらく歩いて、広い道を横切る横断歩道にさしかかると、梨香は変わりそうな信号を渡ろうと駆け足になった。つき子はあわてた。信号で足止めされたら、見失ってしまうに違いない。

「梨香さん！」

　思わず声をあげる。

「ねえ、待って、話があるの！」

　横断歩道の手前で、梨香は立ち止まった。信号が赤に変わる。息を切らせながら駆け寄るつき子を、あきれたように見る。

「何やってんの。もしかして、つけてた？」

「ごめんね。声をかけるタイミングが……」

「何の用？」

「ええと」

「チケット弁償しろって言いに来たの」

「違うよ。そんなんじゃ……。梨香さんが、前の学校の友達と会ってたって聞いて」

「誰に？」

つき子が口ごもると、まあいいや、と彼女は肩をすくめた。

「ちょうどよかった、あんたも来てよ」

「え？」

彼女は歩き出す。信号が青になったからだ。つき子はついていく。

「前の学校の子と会ったのは、偶然なんだ。そしたら、何事もなかったみたいに、久しぶりーってみんな駆け寄ってきて、元気だった？　なんてフツーに話すの。で、こっちも話、合わせてた」

「誕生日の話をした？」

迷ったが、訊いてみる。

「うん、もうすぐだね、みたいな。それだけ」

では誕生日の今日、彼女は急いでどこへ向かっているのだろう。

「あたしね、あの後みんなにメールを送ったの。パーティするから駅前のカラオケボックスへ来てって」

くすくすと、梨香は笑う。

「その場所って、去年の……？」

「そう。ね、ちょっと不気味でしょ？　小さな復讐《ふくしゅう》」

「そっか」

そして彼女は、そのカラオケボックスへ向かっているように思われる。みんなの反応を、その目で確かめようというのだろうか。でも、気味が悪いと思っているなら来ないのではないか。

「もし、みんなが来たら、パーティをやり直すの？」

「そうだなあ、プレゼント持ってきてくれたらね」

梨香の足取りはけっして重くはない。友達が、来ても来なくてもかまわないと思っているのか、それとも別の目的があるのか、急いではいるが落ち着いた表情で歩いていく。

やがて、雑居ビルの地下にあるカラオケボックスへ入っていく。個室のソファに腰をおろすと、彼女は深く息をついて、室内を見回した。

薄暗く、殺風景な室内に、あの日彼女はひとりでどのくらい待っていたのだろう。今も、ひとりきりでいるかのように黙ってじっと待っている。彼女の友達が来そうな気配はない。

「天地くんってさあ、施設で育ったんだって。知ってた？」

知らなかった。もしかしたらまた、冗談だと言い出すのではないかと疑いながら、梨香の顔をうかがった。

「今でも施設のもの、本棚とか机とか作ってやったりしてるみたい。他の先生が話してるのを聞いたんだ」

梨香にはふざけた様子はない。

「あんたにも言ってないんだ？」

「……個人的な話、するほど親しいわけじゃないから」

ふうん、とだけ梨香は言った。

「親がいないんだと思ってたけど、お父さんがいるんだよね。……いても、ひとりぼっちみたいなものなのかな」

ぽつりぽつりと話す。個室にはまだ誰も来ない。

「だから、天地くんにすり寄ったの。あたしのこと、わかってくれそうな気がして。だけど、先生って隙がないんだ。誰も寄せ付けない。淋しいとも思ってなくて、淋しい人がいたって同情しない。それでわかったの。あたしは、先生ほど絶望してないんだって。まだ、淋しいって思うんだから」

つき子よりもずっと、天地を知っているのだろう梨香の言葉は腑に落ちた。彼が何を言おうと、本気じゃないように聞こえるのはそのせいだ。天地自身、人と関わることに真剣じゃない。もちろん、つき子に対してもそうだ。

「じゃあ、淋しいあなたは、完全にひとりきりじゃないってことかも。周囲にまだ人がいるから、うまくわかり合えなくてもどかしくて、淋しいと思うんじゃない？」

つき子も、天地の気持ちはわからないけれど、梨香の気持ちならわかると思える。天地が本当にそれほど絶望しているなら、つき子にわかるはずもないだろう。

普通に明るくして見えるときも、彼は、周囲とは離れた孤独の中にいる。

「あんたも、淋しいときがある？」

「うん、あるよ。どうってことない日常で、ふと周囲とずれてたりしただけでも、孤独を感じて落ち込んだりするし。だけどわたしだけじゃなくて、……誰でも、多かれ少なかれ淋しいのかもしれないって思う」

「あたしをいじめた子たちも？」

「そうね。たぶんみんな」

通じていると思っていた人と、通じていなかったと気づいたとき、急に淋しくなる。相手は、つき子と気持ちや言葉を重ねるつもりもなかったのだ。だまされたというより、それだけのことだった。

ため息とともに天井を仰いだそのとき、個室のドアが開いた。女の子がひとり、緊張した面もちで入ってきた。

「……来てくれたんだ」

梨香は立ち上がってそう言ったが、あまり驚いてはいなかった。むしろ淡々としていたから、その子のことを待っていたかのようにつき子は感じていた。

「みんな、来ないよ」

ショートカットの少女は、その外見と同じくらい飾り気のない口調だった。

「わかってる」

梨香は硬い表情で応じた。わかっていても、胸が痛むだろうし、思い出せば体が硬直するようだった。

「でも、梨香のこと嫌いだからとか、今でもバカにしてるからじゃない。みんな、怖いんだよ。自分たちがした、最低のことと向き合うのが怖いから、もう忘れたことにしてるの」

「あんたは怖くないの？」

努めて梨香は、彼女の顔を見ようとする。

「わたしは、あなたに意地悪したと思ってない。無視したこともないし、誕生日のパーティは、中止になったって教えられたから行かなかった」

「そっか……」

「だけど、あなたがみんなの仕打ちをつらく思ってることはわかってて、黙って見てたんだから、いい子ぶるつもりもないよ」

それから彼女は、白い封筒を梨香に差し出した。

「頼まれたもの、手に入った。言っておくけど、罪悪感とか同情とかで持ってきたんじゃないから。前に、ノート見せてもらったお礼だから」

言い終わると、彼女はくるりと背を向け、足早に去っていった。

ありがと、と梨香は声をかける。ドアが閉まる間際、ばいばい、と少女が小さく言ったのが聞こえた。

封筒を両手でつかみ、しばらくじっと眺めてから、梨香はそれをつき子に差し出した。

「彼女のお父さん、テレビ局に勤めてるの。ときどき、あまったチケットをもらったりしてた。だから、ダメモトで頼んでみたの」

「これ……」

封筒の中身は、このあいだ梨香が破り捨てたミュージカルのチケットだった。

「破ったりしてごめんなさい。本当は、うれしかったんだ。くれるってだけでなくて、一緒に行ってくれるって、すんなりそう言ってくれたでしょ？　分け隔てのない人なんだなって思ったけど、それでも、もしすっぽかされたらって思うと、怖くなったの」

早口に言い、短く息をついたが、梨香は、つき子が口をはさむ余裕もなく急いで続けた。一気に言ってしまいたい様子だった。

「つき子さんに会って、ミチル……今のあの子のこと、思い出したの。グループの中じゃ気が合わないほうだったけど。だから、ふたりで話すことってあんまりなくて、だけど、あの子はあたしの宿題プリント、写したりしなかったんだ。いちど、あの子が風邪で休んだ日のノート、貸したことがあるだけ。みんなはちゃんとノート取ってなかったから、あたしに頼んできたの。あたしはさ、みんなに見せてって言われるのわかってるから、いつも必死で黒板を写すの。写してなかったら責められるからさ。勉強好きじゃないし、テストになったらみんなのほうが成績いいなんて、ホント、要領悪いんだ。ミチルもまじめにノート取ってるんだけど、みんなはあたしにだけ貸してって言う。あの子、いやなことはいやってちゃんと言うから。だからあの子は、あたしのこと軽蔑してると思ってた。でも思い出してみると、ミチルにはいやなことされたことなかった。今回も、パーティのメールに返事をくれたのはあの子だけ」

さっきの少女の、きりっとした眉をつき子は思い出していた。

「人を、見下したりしないんだ。強いな。うらやましい」

でもたぶん、強いか弱いかじゃない。彼女は、そんなふうにしかできない女の子だったのだろう。梨香が、周囲の期待に応えつつ、道化役を引き受けるしかできなかったように。

つき子も、損な役回りを引き受けていると言われても、そういうふうにしかできない。だから人をうらやんで、どうにもならないからもがいている。

小さなチャーチチェアが、大勢を救う船にはなれなかったように。

でも、自分だからできることもあるのだろう。あの椅子は、椅子だったから町の中を漂うことができたのだ。立派な船だったらできなかった。

「これは、彼女があなたにくれたバースディプレゼントだから、あなたが使ったほうがいいと思うの」

つき子は封筒を梨香に返しながら言う。

「じゃあ、一緒に見ようよ」

梨香は、はにかんだように微笑んだ。つき子も微笑み返す。

「いいよ」

それからつき子は立ち上がり、うーんと伸びをして元気よく腰に手を当てた。

「さあ、行こうか」

「どこへ？」

梨香は不思議そうにまばたきする。

「誕生パーティよ。もうすぐはじまるから」

困惑する梨香の手を引き、つき子は意気揚々とカラオケボックスを出た。

☽

「おー、来た来た」

河嶋骨董店へ入っていくと、茶の間から顔を出した天地がつき子と梨香を手招きした。

「え、天地くん？　なんで学くんも？」

茶の間の縁側の手前には、修理されたチャーチチェアが置いてある。磨かれて、ニスを塗り直して、新品になったかのような椅子だ。背もたれのツバメの彫刻が美しい。

「誕生日おめでとう」

椅子の横に立っていた学が、ちょっと気恥ずかしそうに言った。

「座ってみてよ。この椅子、彫刻の模様は違うけど、じいちゃんの洋食屋にあったのとホント似てるんだ。作られた年代も国も同じじゃないかって、天地先生のお父さんが調べてくれたけど、座り心地もそっくりなんだよ。同じ工房で作られた、兄弟なのかもしれないって」

歩み寄って、梨香はしばらく椅子をあちこち眺めたり撫でたりしていたが、ようやく腰をおろし、座り心地を確かめた。

「本当だ……。木なのに、座布団がなくてもずっと座ってられるくらい心地いい。うん、洋食屋の椅子もそうだった」

「もう、じいちゃんの店はないけど、この椅子、梨香ちゃんに使ってほしいんだ」

「あたしに？」

「学が直したんだぞ。見つからなかった脚も手作りしてさ」

ますます梨香は驚いて、椅子に見入る。

「これ学くんが？　彫刻も？」

「あんまりうまくないけど、よく見なきゃ他の脚との違和感はないだろう？」

「すごいよ」

素直によろこんでいるのが、つき子にも伝わってきた。

「さあさあ、ナポリタンとケーキがあるんだよ。みんなで食べよう」

河嶋が、ちゃぶ台へナポリタンを運んできて並べる。

「あ、このナポリタン！　おじいちゃんの洋食屋と同じだ。もしかしてこれも？」

学が頷く。

「ずっと前に、じいちゃんに教わってたから。亡くなる前にもっといろんな料理教わればよかったけど、作れるようになったのは僕も好きなこれだけ」

ナポリタンの匂いに、梨香は懐かしそうに目を細める。ずっと前、誕生パーティで食べるはずだったナポリタンのことを彼女は思い浮かべたのだろうか。ナポリタンの皿をひざに置いたまま、ぽつりと言葉をこぼす。

「学くんのせいってわけじゃないんだよ。……あのとき、中止になる前にもう、パーティはダメになりかけてたんだ」

学が一生懸命に、梨香のために椅子やナポリタンを用意したのは、あのときの罪滅ぼしだと感じたのか。

「誘った子たちに、断られてたんだよね。別のクラスメイトのパーティがあったから。ふたりだけ、一緒に学校へ行ってる近所の友達が、あたしのパーティに来てくれるって言っていたけれど、あたし、その子たちだけじゃつまらないと思って、落ち込んでた」

一生懸命に、彼女は胸の内を吐き出していく。ミチルという友達に会って、梨香も自分なりに正直になろうとしているのだろうか。

「中止になってよかったんだと思う。でなかったら、来てくれた友達に不機嫌な顔をしてしまっただろうし、せっかく準備してくれたおじいちゃんやおばあちゃんもがっかりさせたと思うんだ。それに、学くんの気持ちも考えていなかった。むしろ、おじいちゃんもおばあちゃんもあたしのだって、独占したいと思っていた。……おばあちゃんに、学くんも呼んでいいかって訊かれたのに、クラスメイトだけって言って断ったの。あたしすごく、傲慢だった」

見栄やうわべで自分を取り繕うのをやめたとき、梨香はうつむくのをやめて、まっすぐに学の顔を見ている。

「だから、ごめん。学くんは悪くない」

学は、力が抜けたように座り込んだ。

「ずっと、嫌われてると思ってた。……後悔してたんだ」

そう言って、安心したように笑う。

「あたしも、後悔してた」

梨香も素直な笑顔を見せた。

つき子は、ケーキを準備しようと台所へ移動する。河嶋が、蠟燭《ろうそく》を数えている。

「十七本、でしたね。ちゃんとあります」

「じゃ、火をつけますね」

茶の間から、にぎやかな声が絶えない。ナポリタンがおいしいとひとしきり騒ぎ、いったん静かになったかと思うと、また梨香の声が響く。

「ねえ、この椅子、どうやって持って帰ろう。天地くんが運んでくれるの？」

「学が運ぶよ。責任もって」

「そのつもりだけど、梨香ちゃんの家、団地の五階だよね。エレベーターある？」

「あ、ない。古いから」

「やっぱり階段かあ」

「家よりもさ、学くん、家具クラブの部室に置けない？」

「部室？　って、梨香ちゃん」

「あたしも何か、作ってみたいな」

「もちろん、大歓迎だよ。ねえ先生」

学の声が弾む。

これからは、部室が梨香の、心地のいい居場所になるのだろうか。洋食屋の椅子の代わりに、あの椅子がその場所を彼女に与えるのだ。

「ケーキよ。さ、蠟燭吹き消して！」

ちゃぶ台へ置くと、梨香が身を乗り出して覗き込んだ。

「すごーい、大きいじゃん」

「おれが奮発したんだからな」

天地がしっかり主張した。

みんなでちゃぶ台を囲み、梨香が蠟燭の火を吹き消す。

河嶋の隣で、天地はビールビンを手に取り、河嶋に勧める。河嶋はぎこちなく、息子からの酌を受ける。ふたりとも、言葉はない。でも楽しそうに微笑んでいる。学が作ったナポリタンを、味わいながら口に運んでいる。ゆっくりした食べ方が似ている。

梨香と学は、あっという間にナポリタンを平らげ、ケーキに取りかかろうとしていた。

梨香は、あの古い椅子の新しい友達になれるだろうか。きっとそうなるだろう。かつて椅子と親しんだ誰かと同じように。

四話
未来からのドッグタグ

トランクの蓋が、めずらしく少しばかり開いていた。

河嶋骨董店を訪れていたつき子は、今日も指輪を見つけることができずに落胆していたところで、片隅に置かれたトランクに、何気なく注目した。

河嶋が閉め忘れたのだろうか。ガラクタの隙間に、小さな銀色のものがきらりと光る。一瞬指輪かと思い、歩み寄って覗き込むがよく見えない。

トランクの中のものだけは、勝手にさわるのは気が引ける。しかし今、この家にいるのはつき子だけだ。見てもいいかと問おうにも河嶋がいない。

どうしても気になり、手を入れて、そっとつかみ出したつき子は、「なあんだ」とひとりごちた。

指輪ではなく、銅か真鍮《しんちゅう》か、くすんだ赤茶のコインだった。窓からの西日を反射して、たまたま銀色に光って見えたようだ。

よく見れば、コインでもなさそうだった。上部にひもを通すような穴がある。ペンダントだろうか。それにしては、しゃれた感じがしない。英語らしき文字と、数字が彫ってある。

1995、その数字は年号にも見えた。

いずれにしろ、つき子は興味を失ってそれをトランクへと戻す。立ち上がって、時計を確認すると、思いがけず時間が経っていた。

急がないと、約束の時間に間に合わない。エプロンを脱いでたたみ、トートバッグに詰め込む。開けっ放しだった戸口はいちおう引き戸を閉めて、小走りに骨董店を出た。

梨香と見る約束をしたミュージカルが今日だったのだ。

劇場の前に駆けつける。間に合ったようでほっと息をつく。梨香はまだ来ていないようだ。ガラス張りの建物に映る自分は、走ったせいか髪が乱れていた。それ以前に、骨董店の片付けをしていたのだから乱れていても不思議じゃない。手ぐしで整えながら、ノーメイクだったと気づく。女子高生相手とはいえ、手を抜きすぎだったかもしれない。反省しかけたとき、背後で声がした。

「おい、そこは鏡じゃなくてガラスだぞ。向こうからまる見えだ」

振り返ると、天地が笑いをこらえながら立っている。あわててつき子はガラスから離れるが、乱れた髪をどうにかしようとしていたところを見られたかと思うと、恥ずかしくてうろたえていた。

「な、何なんですか天地さん……。どうしてここに」

「梨香が来られなくなったんだ。で、代わりにおれが」

「えっ！」

そんなに驚かなくても、と天地は頭をかく。

「クラブの友達に、曲げ木職人のところへ見学に行かないかって誘われたんだ。あいつミュージカルも見たいしつき子との約束だしって迷ってたんだけど、けっこう家具作りにはまってて、やっぱり曲げ木を見に行きたいって」

「そうですか……。梨香さん、本当に楽しめる居場所ができたんですね。だったらよかった。うん、仲間たちと夢中になれることに集中するべきです」

「つき子ならそう言うだろうと思う、って梨香が。……おれもそう思ったから」

ちょっと照れくさそうに言う。説明のためにも、彼が代理で来てくれたのだろう。

「でも天地さん、ミュージカル、興味あります？」

「ない」

と断言する。やっぱり、とつき子は思う。

「まあ寝ないようにするよ。どうせ客席は暗くなるから、隣なんていてもいなくても一緒だと思えばいいだろう？」

天地は、つき子が誘いを拒絶したことを思い出したのだろうか。つき子も思い出していた。あんな態度を取ってしまったのは、つき子の誤解がもとだったということもだ。

「そろそろ入るか」

ホールの入り口へと歩き出す天地に並びながら、つき子はガラスに映る彼を見るともなく眺めている。ジャケットにネクタイといった姿は、飲み会のときの彼を思い出させる。つき子はあのときの彼をおぼえていなかったが、今日の服装を見ていると、自分の斜め前にそんな人が座っていたと思い出すのだから妙なものだ。

ああそうだ、ノリちゃんが彼の隣で、よく話しかけていた。つき子に料理の皿を回してくれたのは彼だったのではなかったか。遠くにあったカルパッチョがおいしそうで、大きく手を伸ばしてでも取るべきかどうか悩んでいた。あまりにもじっと見つめていたからか、その人が取ってくれたのだ。

そしてそれは、本当においしかった。料理はおぼえているなんて、どれだけ食い意地が張っているのだろう。

しばし悩み、つき子は思い切って口を開いた。

「あの……、わたし、勘違いしてました。ごめんなさい」

何のことかという顔で、天地はこちらを見た。

「なんだか、メールが迷惑みたいな言いかたしてしまいましたけど、飲み会の後のメール、天地さんが別の人に送るつもりだったのに、間違ってわたしに送ってしまったんだと思ってたんです」

「別の人？　なんで？」

「その……、後輩の女の子が、あなたに連絡先を訊かれて、うそのアドレスを、わたしのを教えてしまったって聞いたので」

少し考えて、彼は、「ああ」と思い当たったようにつぶやいた。

「あれさ、二次会行って、酒の勢いで教え合ったっていうか。つまり流れでさ、メールくらい訊いておかないとって雰囲気あるじゃないか。……ていうか、あれつき子のアドレス？」

気づいてなかったらしく、今さら声をあげた彼は、その後ほっとしたように息をついた。

「そういうことか……。誤解が解けたならよかった。けど、おれの印象はよくなりそうにないな」

あきれ顔のつき子に気づいたのか、肩をすくめる。

酒の勢いだか流れだか知らないけれど、あんがい軽いところがあるのだ。でも、普通の人なんだなとも思う。父親との関係が複雑そうで、つき子には計り知れない傷をかかえているかのようにも見えたけれど、たぶん、誰にも理解できないほど謎めいた人じゃない。

平凡な自分でも、受け入れてくれそうな親しみやすさがある。きっとそれは、彼の本質なのだろう。

「そうでもないですよ」

言いながら、つき子はまた赤面してしまうのがわかったから、顔を隠すように天地を追い越し、ホールへと急ぎ足になった。


ミュージカルのあと、何か食べようということになったのは、どちらから誘うというわけでもなくだ。メールのときはあんなに身構えていたくせに、ごく自然につき子は食事をする気になっていた。たぶん、なりゆきなら変に意識することもなく浮かれることもないから、いやな思いをすることもない、そんな屁理屈だろう。

それでもつき子は、ふとしたひょうしに自分が浮かれているような気がして戸惑った。居酒屋とはいえ、天地と向かい合っていると、特別なことみたいに思えてきたのだ。

今日の天地は、あの飲み会のときの彼と雰囲気が近いからかもしれない。

「ネクタイとか、するんですね」

あのときも、みんな公務員ということで、天地もネクタイをしていたのだろうから、今さら変な質問だっただろうか。

「教育委員会の人が来てたから」

「そうなんだ」

「そんなに変か？」

「いえ、似合ってますけど」

なんて変なことを言ってしまい、あわててつき子はビールをあおった。ついでに、エビシュウマイを口へ運ぶ。

グラスを傾けて、天地は小さく思い出し笑いをした。

「つき子はさ、おいしそうに食べるよな」

「え、そうですか？」

「うん、まれに見るくらい食べるのが楽しそうだ」

「誰だっておいしいものを食べたら楽しいでしょう？」

「そうかな……。おれはさ、長いこと食事に興味がないっていうか、食べるのが楽しいってことを忘れてたなって気づいたんだ」

だから彼は、つき子を食事に誘ったのだろうか。

「たい焼き、おいしそうに食べてましたよ」

「好きだったことを思い出した。それに、つき子が目の前でおいしそうに食べてたからかもしれないな」

それから天地は、ぽつりと付け足す。

「このあいだの、ナポリタンもおいしかった」

子供のころの天地は、楽しい食事をしていたのだろう。でも、何かあって家族と離ればなれになってから、そういう食事から遠ざかっていた。

梨香の誕生パーティは、天地と河嶋の間にあった楽しい食事の時間が、少しだけ戻ったのかもしれない。そうだったらいいと思う。たぶん天地は、ちゃぶ台を囲んだかつての家族らしさを求めて、河嶋骨董店へ和菓子を買ってくる。河嶋がいない時間だとわかっていて買ってくるのは意識しているのか無意識か。

誰も許せないといっていたけれど、許したいのではないだろうか。

「そうですよね。学くん、また作ってくれないかなあ。あ、この焼き鳥もおいしいです」

つき子が笑うと、天地もほおばって「うまい」と笑う。

「骨董屋の近所にある和菓子屋のこと、思い出したのも、あの飲み会の日だった。ときどき前を通ってたけど、買おうとは思わなかったのに、子供のころよく買ってたことや、うまかったなと思い出したら急に食べたくなったんだ。つき子の食べっぷりを見たおかげだろうな」

　食べっぷりをほめられるのは、女としてどうなのだろう。ちょっと疑問だが、素直に受け止めれば悪い気はしなかった。

「それで、鈴カステラが売ってたって話を飲み会のときしました？　あれ、天地さんが言ってたんですね。わたし、それを小耳にはさんで、あの日駅裏の路地をうろうろしたんです。和菓子屋、見つからなかったけど」

　河嶋に出会い、天地とこうしている。

「そっか。鈴カステラが思い浮かばなかったら、こうしてメシ食ってないわけか」

「不思議ですね」

「不思議だよな」

　お酒が回って、気持ちよく笑う。天地も笑う。

「あ、鈴カステラの店の地図、まだ描いてなかった」

　そう言ってまた笑う。

　男の人と一緒に、こんなに笑ったのは久しぶりだった。けれど、指輪が見つからない。つき子は無意識に襟元に手をやるが、チェーンに通していつもぶら下げていた指輪がないと、こんなに笑っていていいのだろうかと不安になる。

急に、自分が隙だらけになったかのように感じていた。隙間から、意地悪な神さまが、つき子の行く手にそっとつまずきそうな小石を置いていってはいないだろうか。

にぎやかな居酒屋を出たときは、つき子はそんな小石を意識して足元を見つめた。

「あのさ」

夜の道を歩き出しながら、ふと天地が、さっきまでと声のトーンを変えた。なんだろうと、つき子は身構える。

「ずっと、つき子に言おうと……」

言いかけて口をつぐんだ天地は、その場で足を止めた。視線の先に若い男がいる。向こうも天地を見て驚いている。

「天地？　久しぶりだな」

自動販売機でコーヒーを買ったばかりだった様子の男は、作業着にヘルメット姿だった。

「ああ、こんなところで会うとは思わなかった」

懐かしい再会というには、どちらも微妙な表情だ。

「近くの工事現場で仕事中なんだ」

「元気そうだな」

「まあな。彼女？」

つき子をちらりと見て、彼は天地に訊いた。

「違うよ、オヤジの友達」

「親父って、どの？　どっちも疎遠だったんじゃなかったっけ。だからおまえ、身寄りがなくて児童養護施設に」

言葉を切った彼は、遠慮がちにつき子をちらりと見た。言ってよかったのかどうか悩んだのだろう。

「こいつ、おれと一緒に施設で育ったの」

察して、天地がつき子に言う。

つき子はただ頷いた。梨香に聞いていたと、この場で言うことじゃないし、そのへんの事情を掘り下げて問いかけるような場面でもない。でも、父親がふたりいるという、さっきの言葉は気になった。

「天地さあ、今どうしてるんだ？　俺のせいで、仕事やめさせられただろう？　もう七年も前のことか」

男の言葉は、ますますつき子を疑問だらけにする。天地は静かに言葉を返す。

「仕事はどうせやめるつもりだった」

彼のせいじゃないと、思いやっているように聞こえた。

「大検受けて、大学行くって言ってたもんな。そうか、ちゃんとやってんだ。よかったな」

「おまえは？」

「短期の仕事ばっかりだ。なあ天地、俺さあ、金がいるんだ。女に子供ができちまって、けど結婚なんてできるわけないし、おろすのにも金がなくてよ」

「いくらだ？」

　つき子には思いがけないことに、天地はそう言った。

「貸してくれんの？　やっぱりおまえ、頼りになるよな。また連絡するよ」

　缶コーヒーを手に、男は立ち去る。天地はため息をひとつついて歩き出した。つき子は、何度も反転するかのような天地のイメージに戸惑っていた。

　息子だと天地が自分で言ったことを、河嶋は不思議がっていた。天地自身は、河嶋を父親だと思っているわけではなく、罪の意識を押しつけるために現れるのだと自分で言う。それに、もうひとりの父親というのはどういう人なのか。河嶋と同じように今も縁があるのか、それとも完全に縁を切っているのか。どちらにしろ、つき子にはどんな間柄なのか想像もできない。

　同じ施設で育ったさっきの男と、何があったのかもわからない。彼のせいで仕事をやめさせられたというのはどういうことだろう。

「今の人、お友達なんですか？」

「最低のやつだよ。おれも同類だけど」

結局、友達なのか、そうじゃないのかわからない。

「お金、貸すんですか？」

訊いていいのかどうか迷いながらも、二度目の質問をする。ふん、と天地は鼻で笑った。

「あいつ、おれを試してるだけだ。相手がどういう反応を示すか、自分を見下してるかどうか、試してる。借りるつもりなんかないのさ。ガキのころからそうだった」

「じゃ、妊娠の話って」

「さあ、本当なのかうそなのか、よくわからないな」

厳しい表情をする天地の目は暗い。つき子が距離を感じてしまうほうの彼だ。

「悪い、いやな気分にさせて」

「ううん、わたしは平気」

けれど天地は、いやな気分に違いない。施設のことは、おそらく彼にとって、父親とのわだかまりの根源でもあるのだ。それを思い出させる人物に会ってしまって、明らかに笑顔が消えた。

何か言いかけたところだったのに、そのことには触れないままだ。

駅が見えてきたところで、彼は足を止める。

「寄るところがあったんだ。送ってやれなくてごめん」

「いえ、平気です。ひとりで帰れますから」

「じゃあ、また今度誘うよ」

今度があるのかどうか、ないような気がしたけれど、つき子は頷いた。ないとしたら、残念なのだろうか。

天地の複雑さにはついていけそうにない。そう思うなら深入りするべきではない。一方で、彼がどういう人なのか、気になってしまう。

ブロカントの物語を、もっと知りたいと思うのと同じように、人の物語にも興味を感じている。無数の夜話を語ったシェヘラザード自身の物語が、最後にすべてをしめくくるように、語り部の運命は、すべてのガラクタ物語の表紙と背表紙みたいになくてはならないものなのだ。

それは河嶋の物語であり、おそらく天地の物語でもあるのだろう。

本を閉じるまで、つき子は彼らの物語から離れられないのではないか。そんな気がしているのだった。

河嶋骨董店を訪れたつき子に、その日は何の気まぐれか成美がついてきた。天地とミュージカルを見たと話したせいだろうか。彼女は相変わらず、天地を警戒しているようだった。

「河嶋さんからレースを買ったのに、今さら河嶋さん親子をうさんくさがるの？」

奥までぎっしり詰まった棚は、なかなか片付かない。成美も手伝ってくれるが、クモの巣に彼女はおっかなびっくりだ。

「河嶋さんはいいよ。でも、息子のほうはうさんくさい。だいたい、子供ができたからおろせなんて言ってるような男と友達なんでしょ？」

「友達かどうかは」

「腐れ縁なら同類よ。類は友を呼ぶんだから」

成美は声を大にする。むしろ積もったほこりに頭にきているようで、ぬいぐるみを乱暴にはたいた。

「天地くんはああ見えて、すごくやさしいんだから。そんな男と一緒にしないでよ」

段ボールの向こう側から、梨香が顔を出した。染めていた金髪を黒髪に戻した梨香は、本当に日本人形みたいだ。

そうして彼女は、ときどきつき子のさがし物を手伝ってくれるようになった。今日は、このあいだミュージカルをキャンセルしたことを詫びに、つき子が来ているだろうと河嶋骨董店へ現れたのだ。

「あなたね、男を見る目がないわよ。いい教師といい男は別物なの」

成美はなかなか厳しい。

「歳取ってりゃ見る目があるってもんじゃないだろ」

立ち上がって反論する梨香の、背後にある戸口に、ふと黒い人影が立った。無言でこちらを覗き込むから、成美が不審者と判断したらしく声をあげた。

「だ、誰ですか？」

ぼさぼさ頭に無精髭の男だった。

あ、とつき子は声をあげる。向こうもつき子に気づいたようだ。

「あんた、このあいだの……」

天地と施設で一緒だったという男だ。つき子が身構えたのがわかったのか、成美も梨香も警戒するような目を男に向けた。

「天地のやつ、来てるのか？」

「今は来てませんけど。天地さんに用ですか？」

「いや、通りかかっただけだ」

「借金の催促なら、ここへ来ても無駄ですよ。天地さんはここに住んでないですし」

すると彼は、物思うように目を細め、建物の周囲を眺めやった。

「やけににぎやかだから気になってさ。ずっと前に来たときは、静かだった。玄関前もゴミ屋敷みたいにきたなかったな」

本当に他意なく、引き寄せられるように近づいてみただけだったのか。けれど近くまで来たのは、やはり天地に会って、お金の無心をするつもりなのかもしれない。

「ずっと前、ですか？」

「たぶん、中学生だった。天地とここへ来たことがある。夜中にあいつ、施設を抜け出してさ。どこへ行くのかと俺もついていったんだ。そうしたら、この家の前であいつは立ち止まった」

当時のことを正確に思い出そうとするように、引き戸の格子を撫でる。

「父親の家だと言った。どっちの、と訊いても、答えなかったな。ずっと黙ってて、やがてぽつりと言った。火をつけたらよく燃えるだろうなって」

火……、と成美がつぶやく。彼女の中で、天地の危うさが増したに違いない。

「天地さんは、こっちのお父さんを憎んでたんですよね。もうひとりは、憎んでなかったんですか？」

「両方憎んでただろうな。片方は実の父であいつを捨てた。もう片方は、義理の父であいつの母親を殺した」

絶句して、つき子は成美や梨香と顔を見合わせた。

「どっちかが、ここの骨董屋のおじさんだってこと？」

梨香が問う。ぶしつけだが、つき子の頭にも浮かんだ疑問だった。

「そうだろう」

ここにいる女性たちを当惑させては楽しんでいるように、彼は笑った。

「天地から連絡があってさ、この近くの児童公園へ行けって言うんだ。あいつの親父がいるから、ほしいものを頼んでみろって。天地がそう言ったと言えば、金でも何でも都合してくれるだろうって。さっき通りかかったけど、子供しかいなかったよ」

「夜にならないと、ブロカントの露店はありませんよ」

つき子は言う。

「ブロカント？　ま、なんでもいいや。夜に行けば、あいつの親父がいるんだな？　だったら夜に訪ねてみる」

じゃましたな、とつぶやいて、彼は立ち去った。しばらくつき子もみんなと同様、呆然と突っ立っていたが、男がいなくなった戸口に、銀色のものが落ちているのに気づいて歩み寄った。

「今の人が落としたのかな」

楕円形の薄い金属板が二枚、鎖に通されている。アクセサリーのようだが、大きさの割に装飾もなくそっけない。

「それ、ドッグタグってやつでしょ。ミリタリー系のアクセサリー？」

梨香が覗き込んだ。

「確か、アメリカの軍人が身につけてて、ファッションでも流行《はや》ったんだよ。戦場で何かあっても身元がわかるようにって、名前とか番号とか彫ってあるやつ」

「そうなの？　これ、何も書いてないけど」

「じゃ、彫る前の板？」

「どうしてそんなもの身につけてるのかな。ただの金属板がかっこいいと思ってるとか？」

「アクセサリーなんて好みだから、何でもありじゃない？」

成美の言うように、結局そんなところだろう。そしてそれは、天地にあずけようということになった。

「ドッグ、って、犬よね。どうしてドッグタグっていうのかな」

「さあ、名札をぶら下げるのって、犬の首輪につける迷子札みたいだから、とか？　本当はIDタグっていうんじゃなかったかな」

いずれにしろ、迷子札に名前がなければ、彼は迷子のまま帰れないではないか。つき子はそんなことを考える。と同時に、施設にいたという彼に、家があるのだろうかともふと思った。

☽

拾ったアクセサリーのことは、その日のうちに天地に伝えた。メールを送ると、彼から電話がかかってきた。

「あいつ、河嶋の店へ来たんだって？　何か言ってたか？」

「児童公園へ行ったみたいです。また夜に行くって言ってたけど、本当に、河嶋さんに借金を申し込んだらどうするんです？」

「オヤジが好きにするだろ」

天地が憎んでいる河嶋は、どっちの父親なのだろう。男の言葉が耳に残っている。しかし、もやもやしながらもさすがに天地には問えない。つき子はそれについては口をつぐんだ。

「とにかく、ドッグタグのアクセサリー、梨香ちゃんにあずけましたから、あの人に返しておいてくださいね」

「わかったよ」

「そういえば、あの人名前、なんていうんですか？」

「中井戸《なかいど》健《けん》」

「よかった、ちゃんと名前あるんだ」

「あるだろ、そりゃ」

「ですよね。タグに何も彫ってなかったから。普通、名前くらい彫るものなんでしょう？」

するると天地は考え込んだ。

「あいつ、もともと名前がなかったから。一歳か二歳くらいで迷子って保護されて、自分の名前も何も言えなくて、というかほとんどしゃべらなくて、笑いもしなかったくらい異常な状態だったらしいけど。結局身元はわからなかったんだ。持ってたおもちゃのキャラクター名で呼ばれて、それが〝ケン〟」

迷子だった自分を、彼は迷い犬に重ねたのだろうか。首輪にタグがあれば、飼い主の元へ帰れただろうと。

「中井戸ってのは、当時の園長の名前だ」

「じゃあ、自分のことが何もわからないから、何も彫ってなかったんでしょうか」

文字のない金属板は、あまりにもむなしい。でも彼は、それこそが自分自身を表していると思えたのだ。

「もしかすると、本当なのかもしれない、子供ができたって話」

唐突にその話を持ち出した天地の声は、中井戸のことを本気で心配しているようだった。

「えっ、そうなんですか？」

「なんとなく、あいつが金の話をするときつくうそは、くだらないうそなんだよ。カツアゲされたとか、駐車違反の罰金だとか、あんな深刻なうそつくかなって思えてきた」

「じゃあ、深刻な問題を相談したいのが本音なんでしょうか」

「どのみちおれには何もできない。人の相談に乗れるような人間じゃないし、金で解決することじゃないだろう？　だからさ、つき子、頼むよ」

「えっ？　わたしですか？」

急に話を振られて、つき子はたじろぐ。

「あいつにちょうどいいものってないのか？　オヤジのガラクタの中にさ。つき子、ガラクタに興味があるんだろ。なんか見繕ってやってくれよ」

梨香を救ったガラクタがあったように、ものが持つ物語の力を、天地も少しは理解しはじめているのだろうか。

「子供の話が本当なら、あいつはその子を見捨てるわけにはいかない。そうしたら、自分も親と同じになる。そりゃ、あいつの親にどんな事情があったかはわからないけど、あいつが孤独だった事実に変わりはないし、親と同じになんかなりたくないはずだ。でも今は、人の親になれるかどうか、自信がないんだと思う」

中井戸が真剣に悩んでいるかもしれないと気がついたうえで、天地は、児童公園へ行けと言ったのだ。

しかしつき子は、どんなものが、どんな物語が、中井戸を救えるのかわからない。想像もできない。河嶋なら、彼が望むものが何かわかるだろうか。いや、何が彼を持ち主に選ぶか、わかるはずだ。

「わたしは素人だし、ものの物語もわかりません。河嶋さんに相談してみます」

天地自身は、父親に頼み事をしたくなかったのだろう。

「おれはつき子に頼んだんだ。後は好きにしてくれ」

そんな勝手なことを言ったが、中井戸を助けてやりたいと思う気持ちは本物なのだとつき子は思った。

児童公園で、つき子は中井戸を待った。河嶋は、つき子の話を聞き、そうですか、と言っただけだった。中井戸にガラクタを売ってくれるのか、彼にちょうどいいものがあるのか、何も言わずに棒つきキャンディーをなめていた。

それから三日目になって、ようやく中井戸は姿を見せた。曇り空には月も星もなく、空は暗かったけれど、河嶋のまるいランプは、トランクと回転式ジャングルジムを照らしていた。

つき子を一瞥《いちべつ》したが、中井戸は何も言わずにトランクに歩み寄る。ジージャンの内側に、銀色の金属板がちらりと見える。天地が返したのだろうドッグタグだ。彼が身を屈めると、二枚の板がこすれ合って小さな音を立てた。

「いらっしゃい」

河嶋は言う。中井戸は黙ったまま河嶋を観察する。天地と似ているかどうか、考えているのかもしれない。

「なあ、ここで金を貸してくれるって？」

「残念ですが、私の商品はトランクの中のものだけです」

「じゃ、値打ちものを教えてくれよ。高値で売れそうなやつ」

そんなものがあるなら、河嶋が高値で売るだろうに。

「値打ちがあるかどうかは、あなたにしか決められません。ほしいと思うものがあれば、それがあなたにとって、貴重なものになるでしょう」

「あるわけないじゃん。こんなガラクタばっかりでさ」

「ガラクタじゃないです。どれも、世界にひとつしかない特別なものなんですから」

つき子が口をはさむと、中井戸は面倒くさそうに眉をひそめた。が、あらためてトランクの中を覗き込む。

へこんだ空き缶に舌打ちし、使いかけの鉛筆や、二十年前の日めくりカレンダーや、錆び付いた泡立て器をため息とともに投げ出したが、トランクの底にくっついていたコインのようなものを目の高さに持ち上げた。

ランプの光をうけて、金色に輝く。つき子が西日のもとで見つけたあのコイン、いや、コインに似たペンダントだった。

ペンダントかどうかも定かではない。刻印された文字が気になったのか、彼は目を凝らした。

「それは、ドッグタグです」

河嶋が言う。中井戸は、はっとしたように首からぶら下げた金属板に手を触れた。

ドッグタグという俗語で呼ばれた、軍人の認識票だ。同じ呼び名だが、おそらくトランクの中にあったコイン状のものは、本物の犬につけるドッグタグではないだろうか。

「六〇年代にアメリカで作られた、犬税の支払い済み証明書です。犬を飼うのに税金がかかったため、それを支払ったというしるしに、これを首輪に付けたんですよ。ほら、町の名前と、TAXという文字があるでしょう？」

「迷子札ってわけじゃないんだ」

「その役目も果たしていましたよ。これも裏には、犬の名前が。たいてい、飼い主の番地や電話番号が書かれているんです」

つき子も見せてもらうと、ゆがんだようなフリーハンドのローマ字が刻まれていた。

「おそらく飼い主が自分の手で、錐《きり》みたいに先のとがったものを使って書いた文字です。見ていると、犬への愛情を感じませんか。たとえばこれは、ジャック。その下が住所。丁寧に、一文字ずつ、真鍮に彫ったんです。もし迷子になっても、家へ戻ってこられるようにね」

「その犬、迷子になったことがあるのか？」

「ええ、あります。犬を拾った人は、タグを見て、犬を飼い主のところへ届けようとしましたが、途中で事故に遭って」

河嶋は小さくため息をつく。

「犬は死んでしまいました」

このタグにも、きっと長い物語がある。その片鱗を感じ、つき子はドキドキする。

「じゃあ、帰れなかったんじゃないか」

「そうですね。しかしこのタグが導いた迷子は、犬ではなくて、とある男でした」

河嶋はそこで口をつぐんだ。物語のこの先は、買い手のものなのだとつき子は理解したが、中井戸にはもちろんわかるはずもない。

「犬のタグだろう？　どういうことだよ」

河嶋は、微笑みを彼に向けた。深いしわと髭に埋もれた風貌は謎めいて見え、児童公園にガラクタだらけのトランクという非現実的な風景が、夢でも見ているような気分にさせる。夜の闇に包まれたこんな場所でなら、非日常的なガラクタや物語なんてものが、売り物だとしても不思議ではない。そんなふうに思えてくる。

「この先の、ドッグタグがどうやって迷子の男を導いたかという物語を、これと一緒に買っていただけるなら続きを話しましょう」

「俺が？　こんなガラクタとあんたの作り話に金を払えってのか？　バカバカしい」

「あなたは、トランクの中からこれに目をとめた。それはこのドッグタグが、あなたに話したいと思っている証拠です。どうです？　これが経験した奇蹟を、聞きたくはありませんか？」

奇蹟と聞いて気になったのだろうか。中井戸は、しばらくうだうだと文句を言っていたが、値引きの交渉をはじめると、結局それを買うことにしたのだった。

私はドッグタグです。一九六〇年にジャックという犬の首輪につけられていましたが、ジャックは事故に遭って死にました。

ジャックは野良犬でした。首輪に、私をつけていましたが、飼い主とはぐれてもう長いこと、ひとり町はずれの森で暮らしていました。そんなある日、ジャックは森で男に出会いました。うつろな目をし、ふらふらと歩いていましたが、身なりはきちんとしていました。何よりジャックは、その男の匂いが気に入りました。遠い昔に嗅いだような、懐かしいような、そんな感じがしたからです。

整髪料？　香水？　それともタバコの匂いかウールのコートを染める染料が、ジャックの記憶にある匂いと同じだったのかもしれません。

木の根元に、倒れるように座り込んだ男に、ジャックは近づいていきました。落ち葉を踏む音に気づき、男はうつろな目をジャックに向けました。

ジャックはさらに男に近づき、鼻を鳴らして匂いを嗅ぎました。

「おまえ、迷子なのか……」

男はつぶやきました。ジャックのよごれた体や、もつれた毛にくい込んだ首輪を見て、すでに野良犬となっていたジャックの事情が理解できたのではないでしょうか。

「僕は死のうと思うんだ。だから、おまえを飼ってはやれないよ」

視線はジャックから離れ、また宙をさまよいます。もうすぐ日が暮れるでしょう。今夜は冷え込みそうです。雪が降れば積もるかもしれません。このまま森の中にいれば、男は死んでしまうでしょうし、どうやら彼はそのつもりでここへ来たようでした。

ジャックは男の隣に座り込み、そばを離れようとしませんでした。薬の瓶をポケットから取り出したときは、はげしく吠《ほ》えました。

男は、ジャックを撫でました。

「あたたかいな。それに、おまえはやさしいんだ。……もう、やさしいものなんてどこにもないと思ってたのに」

よごれた毛並みをいたわるように撫でる男は、そのとき私に気づきました。ジャックの、ドッグタグに。西日をさえぎる薄暗い森の中、目を凝らして文字を読みました。

〝ドッグ・タックス'60　スターリングヒル〟裏返すと、〝ジャック　スターリングヒル・N－773　1995〟

「そんなところから来たのか。遠いな。……その町は知ってるよ。でも、どうやって来たんだ？　僕は車を持ってないから、送り届けてやれないんだ」

やがて男は、またよろよろと立ち上がりました。

「ついてこないでくれ。なにもしてあげられないんだから」

それでもジャックはついていきました。

森の途中に、舗装された道が見えます。

森に横たわる道路に、男はふらりと出ていきます。車が近づいてきているのにも無頓着に。

ヘッドライトがこちらを照らしたとき、男はやっと顔を上げました。しかし硬直したのか立ち止まります。ジャックは飛び出し、男の背中を押すように飛びかかりましたが、ブレーキの音と同時に、私はジャックとともに宙に投げ出されるのを感じていました。

車にはねられ、ジャックは息絶えました。男は、怪我をしたものの命は助かりました。

不幸な話だと思いますか？　いいえ、私はそうは思いません。男を救うことは、ジャックが望んだことなのですから。

男の匂い、そして彼がジャックをやさしく撫でてくれたことで、飼い主が迎えに来てくれたのだとジャックは思ったのです。長いこと忘れていた、赤い屋根の家や、緑の芝生や、あたたかい暖炉を思い出しました。だからこそ、彼を守ろうとしたのです。

もしかしたら男は、昔、ジャックと会ったことがあるのかもしれません。飼い主に近い人間だった可能性も……。しかしそれはもうわからないこと。私にとって忘れがたい物語はこの先です。

話を続けましょう。

男は、事故のショックからか、自分がどこの誰だか思い出せなくなっていました。自殺をしようと思いつめた精神状態が、ショックと重なったせいかもしれません。

病院の医師は、彼を救った犬が彼の飼い犬だと考えました。当然でしょう。男は、身元を示すものを何も持っていなかったため、ジャックだけが手がかりとなりました。つまりは、ジャックのドッグタグである私です。

記憶をなくした男自身も、ジャックを自分の犬だと信じ、私を、自分の過去を知る唯一の手がかりだと思い込みました。怪我が治った男は、すぐに私に書かれた住所を調べました。スターリングヒルのN－773番地です。続く1995という数字は、手書きではなく刻印で、タグの認識番号ではないかと思われました。事実、住所にはそういった数字はなく、

N－773番地だけが確かに存在しました。訪れたところ、空き地でした。付近の住人に尋ねると、以前には古いアパートがあったが、取り壊されたということでした。そこの住人だった人も、今はもうどこにいるかわからないそうです。ジャックという犬をおぼえている人もいませんでした。

自分を知る手がかりを失った男は、失意のどん底でしたが、生きようという気持ちだけは不思議と萎えることなく、前向きに考えました。記憶をなくしたことで、いいえ、ジャックに助けられたことで、死のうという気持ちは根本からきれいに消え去ったのでしょう。

彼はジャックと名乗り、都会へ出て、住み込みで工場の仕事を得ました。まじめに働き、近くの店でウェイトレスをしていた女と結婚し、小さな家を持つことができました。

彼はいつでも私を、犬のジャックと同じように、鎖に通して首からぶら下げていました。本当の自分を示すものだと思っていたからです。いつかどこかで、タグにおぼえのある人が現れたなら、自分がどこの誰なのか教えてくれるだろう。そう信じて大切にしていました。

自分のことがわからなくても、彼は幸せでした。妻とのあいだに子供はいませんでしたが、何度か犬を飼い、失った年月よりも長く妻と過ごすうち、自分はここにいるジャック以外の何者でもないと思うようになりました。

一方で彼は、不安にもなりました。昔の自分を知る人が現れたら、今の、ジャックという自分が壊れてしまいそうな不安です。

　不安に耐えられなくなり、彼は姿を消しました。私を、ドッグタグを妻との家に置いたまま。ですから私は、その後の彼がどこで何をしていたのかを知りません。

　妻はジャックをさがし続けていましたが、見つかりませんでした。しかし彼女は、あるとき私をじっと眺め、それから私に口づけをすると、荷造りをはじめました。

　スターリングヒルの、N-773番地へ行き、ずっと空き地のままだったそこを買い取って、小さな家を建てました。彼女はそこで暮らしはじめました。

　翌年のクリスマスに、ドアをたたく音がしました。ドアを開けると、驚いた顔でジャックが立っていました。

「どうして、きみがここに……」

「おかえりなさい、ジャック。きっとここへ、帰ってくると思ったわ」

　妻は、私を彼に手渡しました。

「このタグが教えてくれたの。あなたはここへ帰ってくるって。もしあなたが道に迷っても、ちゃんと家へ帰れるようにって、あなたの大切な友達が残してくれたものなんでしょう？」

　私だけが自分の過去を教えてくれるもの。記憶をなくしたときから、ジャックはそう考えていました。いつか本当の自分を取り戻すために、飼っていた犬が残していってくれたのだと。

今も彼は、事故で死んだのは自分の犬だと思っていることでしょう。だからこそ、もはや必要のない過去から逃れようとして、私を手放しました。

なのに、どうしてまたここへ、私に記された住所へ来てしまったのでしょうか。

空き地に建つ家を見て、ジャックは驚き、まさかと思いました。妻と過ごした小さな家にそっくりだったからです。ドアにかかる手作りのクリスマスリースも、ペンキを塗った郵便受けも、見覚えがありました。

自分の知らない自分がいただろう場所なのに、これまでの人生で築き上げてきたものがあったのです。

「だからこのタグは、必ずあなたをここへ導いてくれると思ったわ。昔、あなたはここで、本当の自分を知ることができなくて、つらい思いをしたのでしょう？　でも、今ならわたしが、本当のあなたを教えてあげられる。だって、わたしはあなたを誰よりも知ってる。昔も今も、ここであなたの帰りを待っていたのはわたしだもの」

どうしてここへ来たのか、妻を見て、お帰りなさいと迎えられて、彼は理解しました。

ドッグタグの私は、彼がジャックではないことを示すものではありませんでした。本当のところ私は、彼の過去とは何の関係もありません。たまたま彼と事故に巻き込まれて死んだ、野良犬のタグだったというだけです。けれど私は、彼のタグになりました。そうして彼を未来へ導きました。新たなジャックのタグとなった私の、本当の役割はそれだったようです。

私に刻印された文字を、鮮明に頭に刻み込んでいた彼にとって、ひときわ大きく彫られた数字は特別でした。モーテルのカレンダーを見たときに、今こそあの住所へ行かねばならないという思いが、浮かび上がったに違いありません。

スターリングヒルＮ－７７３、認証番号は１９９５。

一九九五年のクリスマスに、彼はやっと、私が導こうとした場所へ、本当の家族のもとへたどり着きました。

まぎれもなくそこは、彼の家でした。

☽

河嶋骨董店は、ものが意思を持つ場所だ。中井戸が店の前で落とした軍人風のドッグタグは、新しい意味を持って再び彼の首にぶら下がっている。何も彫られていなかったそれに、彼はこれからのことを刻んでいくと言い、ジャックを未来の家へ導いた古いドッグタグとともに鎖に通した。

持ち主のないガラクタと、それに価値を見出した人との出会いは、なんて幸福なのだろう。けれど、人とものとの出会いは、幸福をもたらすとは限らない。

つき子の落とし物は、かたくなに身を隠している。つき子とそれは、お互いにとってよくない関係だったからだろうか。だとしたら、河嶋骨董店であの指輪は、つき子ではない幸せな持ち主を望んで、見つからないよう息をひそめているのだ。

「ねえ、つき子。聞いてる？」

成美の声に我に返る。静まりかえった夜空と児童公園と、淡々と語る河嶋の声を思い浮かべ、空想に耽《ふけ》っていたつき子は、ざわざわとしたカフェにいる自分にかすかな違和感をおぼえながら、頭を切り替えようとコーヒーを一口飲んだ。

「ええと、何だっけ」

やっぱり、とあきれ顔をしつつも、成美は気を取り直してもういちど言う。

「わたしね、河嶋さんのところと同じ町内にある町工場を担当してるの。でね、河嶋骨董店を知ってるかって訊いてみたんだ。そしたら、二十年くらい前に火事で焼けた骨董店があったんじゃないかっていうのよ」

つき子には、はじめて聞く話だった。

「火事？　でも、河嶋さんの家は、かなり古そうよね。築二十年って程度じゃない気がする。

ぼやだったとか、一部焼けただけなのかな」

「ううん、全焼らしいよ」

店が別のところにもあったのだろうか。などとつき子が考えているあいだに、成美はまったく別のことを考えていたようだ。

「このあいだ、ほら、ドッグタグの人、彼が話してたでしょう？　天地さんが施設を抜け出したとき、火をつけたらどうとか言ったってのを思い出したんだ。ねえ、まさかと思うけど、子供のころに……」

「何言ってんの。天地さんが……、そんなこと実行するはずが……」

ないと思いたいけれど、つき子が天地の何を知っているというのだろうか。

「だいたい、火事になった骨董店って、本当に河嶋骨董店なの？　別の骨董屋さんかもしれないじゃない。工場の人、思い違いをしてない？」

「店の名前はよく覚えてないって」

「ほら」

「でもね、焼けた骨董店があった場所、今は児童公園だっていうの。きっとあの公園よ。河嶋さんが露店を開いてるところ。以前はあそこに店があったから、公園で奇妙な商売をしてるんじゃない？」

トランクの露店で物語を売るのは、贖罪《しょくざい》の意味があるということだった。河嶋が夜ごと公園へ行くのも、あそこでなければならない意味があるのだ。以前に火事があったというなら、きっと、河嶋と無関係ではない。

河嶋が背負う罪は、火事が発端なのだろうか。

「だからね、つき子、やっぱり深入りしないほうがいいよ。天地さんにも、河嶋さんにも。悪い人じゃないんだろうけど、問題をかかえてることは間違いないんだから」

深入りは、していないと思う。天地がつき子をメールで誘ったのも、いちどくらいふたりで会ってみてもいいかというよくある思いつきだっただろうし、たまたまミュージカルを一緒に見たけれど、それだけだ。

「うん、そうね」

「指輪、あれだけさがしても見つからないんだしさ」

店舗の中も、ずいぶんと片付きつつある。でも、興味を持ちはじめたブロカントから離れてしまうのが名残惜しい。

本当にそれだけだろうか。

あきらめようかと思うと、いろんなことが頭に浮かぶ。指輪よりもっとたくさんのものを、失うような気持ちになる。

ブロカント、それらの物語、河嶋さんのおだやかな語り口、そして、天地。

「そういえば、ドッグタグの人は河嶋さんの露店に現れたの?」

「うん、ガラクタと物語、買っていった」

「そう、じゃあ、まあよかったけど」

ほっとしたような成美は、自分が物語に救われたことを彼にも重ねたのだろうか。

これからどんな決意をするにしろ、彼はもう、以前のように投げやりになったりはしないだろう。ジャックのドッグタグとともに、自分がどこの誰か、自分で決めていこうとするだろう。

恋人やその子供のことを、それがうそでも本当でも、きちんと考えて選択するだろう。

そんな彼が、天地のことを気にしていた。あの日、ドッグタグを買った彼が、つき子にぽつりぽつりと語ったことがある。思い出してみれば、かなり個人的なことに突っ込んだ事情だった。ただあのときは、夜と物語の奇蹟に、どんな言葉も出来事も、すとんと受け止めることができていたのだ。

『あいつ、中学を出てから、金属加工の仕事してたんだ。そのつてで、俺も何ヵ月かそこでバイトしてた。そのときに、俺が刻印を勝手に使って、問題になってさ』

天地に迷惑をかけたことを、後悔している様子だった。中井戸は、天地もまた、自分がどこの誰か定められないのではないかと言った。

『刻印って知ってる？　ホールマークてやつだよ。貴金属に入れる、PtとかK18とか見たことあるだろう？　プラチナやゴールドを証明する刻印』

薄暗い路地を、駅までとつき子を送ってくれた彼は、道すがら淡々と話を続けた。

『ハート形にくりぬいたステンレスに、そいつを刻んでペンダントにしたら、女の子がまあ、そこそこよろこんでくれるわけ。金はないけどもてたくて、そんなことをしてたんだ。ところがその女、買い取り屋に持ち込んだんだ。にせものだってばれて、その買い取り屋、刻印の形でどこの会社かわかったらしくて、社長に告げ口したわけさ』

『それで……天地さんが』

『共謀したと思われて、俺と一緒にクビ』

『そう、だったんですか』

『俺のしたことは犯罪だからな。売り物に刻印使ったわけじゃないけど、クビですんだなら御の字だった。天地には、悪いことをした』

けれど天地は、とくに彼をうらんではいない。彼に対する態度はそっけなかったけれど、トランクの露店を教えたのは、中井戸の救いになるかもしれないと考えてのことだ。

『なあ、あんな刻印、打つのはそう難しくないのに、やけに信頼されてるだろう？　買い取り屋はまあ刻印だけじゃだませないけど、一般人はあれだけで信じる』

そんなことを考える人がいるのだから、世の中、どれほどうそがあふれているのか。

『でもあのとき、天地は怒らなかった。まるで自分の罪みたいに、引き受けて仕事をやめた。どうせやめようと思ってたから……なんてこととは違うような気がする』

どうして中井戸は、天地の話をつき子にするのだろうと、そのときつき子は不思議に思いながら聞いていた。

『あいつにも、ためになる話を聞かせてやってくれないか』

そんなふうに言われるとは思ってもいなかったのでびっくりしたのだ。

『わたしがですか？　物語は、河嶋さんが語ってるんですよ』

『あの父親の話は聞きたくはないだろうけど、あんたなら聞くんじゃないかな』

『わたしはそんな、骨董とか素人ですし、ものの由来とか年代なんかも、まったくわかりませんよ』

『あの店で働いてるんじゃ？』

『えっ、違います』

『でも、天地の親父の友達なんだろ？』

『友達というか……』

『まあ、気が向いたらってことで』

どんな気が向けば、天地に物語を話すことになるというのか。あり得ないと思いながらも、つき子はいまだに少し混乱している。

成美には、彼らに関わるなと忠告され、頷いたものの、火事のことがどうしようもなく気になっている。中井戸の話からも、天地の過去に触れてしまった。自分はすでに、天地と深く関わってしまっているのではないか。


成美と別れ、ひとり電車にゆられながら、窓の外を見るともなく眺めていた。流れていく外の明かりが火花のようにも見える。児童公園の火事。そのとき天地は、どこにいて何を思ったのだろう。なぜ、施設にあずけられることになったのか。それはいくつのときに？

河嶋骨董店をときどき訪れながら、火事のあった児童公園で物語を売る河嶋をどういう目で見ているのだろう。

自宅の最寄り駅に到着しても、少しぼんやりしていて、つき子は電車のドアが閉まりそうになってからあわてて飛び降りた。電車がつき子を残して走り去ってしまうのを待っていたかのように、携帯電話が鳴った。天地だった。

「今、平気か？」

「あ、うん」

考えていた人の声が、突然耳に届くとどきりとする。びっくりしただけだと、つき子は自分に言い聞かせる。

「つき子さあ、河嶋のジジイのこと、どう思う？」

唐突だった。

「まともなのか、そうじゃないのか。おれはずっと、まともじゃないんだと思ってた。ちょっと頭がイカレちまったんだろうってね。トランクにガラクタを入れて、夜の公園で物語を売るんだぞ」

「でも、それは罪滅ぼしの意味があるって、前に天地さん、言いましたよね」

「それが罪滅ぼしになると思ってること自体、おかしいだろう」

天地は何を言いたいのだろう。少々困惑しながらも、つき子は正直な胸の内を伝えようとした。

「人にはそれぞれ、改悛《かいしゅん》の方法があると思いますから」

「つき子は、あいつを理解できるのか？」

「理解してるわけじゃないです」

河嶋のことは何も知らない。ただ、ガラクタと物語に惹かれているだけだ。

「中井戸を変えた。それほどのものが、あいつの物語にあるのか？」

「些細《ささい》なことなんです。特別な話でも、大きな奇蹟でもなくて、絡まった糸をほぐすような、小さなとっかかりが、河嶋さんの物語にはあるんだと思います」

電話口の向こうで、天地はしばし黙り込んだ。

「だがあいつは、ろくでなしだ。現実から目を背けて、空想の世界に暮らしてる。何もかも見て見ぬふりをしてきたから、周囲の人間をことごとく不幸にした」

その、周囲の人間に、天地も含まれるのだろうか。

河嶋をうらんできたという天地だが、このところ少しばかり、彼を認めつつあったのかもしれない。しかしそんな自分に戸惑い、試すようなつもりで中井戸を河嶋のところへ行かせたのだ。中井戸が、ガラクタの物語に救われるかどうか、確かめてやろうというつもりで。

「河嶋さんは、今はそれを後悔してるんじゃないですか？」

「今だって、口先で人を懐柔してるだけじゃないか。ガラクタの物語だなんてうまいこといって、タダ同然のものを売りつけてる」

「天地さんは、河嶋さんを認めたいんですか？　本当は和解したいんじゃないんですか？」

だから、わざわざつき子にこんな話をしている。

しかし天地は、しばらくの沈黙の後、思いがけないことを言った。

「あいつのトランクに、青い石とパールがついた指輪が入ってるよ。あんたが落としたものだ」

「……まさか、別の指輪かもしれませんし」

「あんたのだよ。確かめてみればいい」

つき子が疑問を差しはさむ余地もないくらい、天地はきっぱりと断言した。

このあいだ、何か言いかけてやめたのは、このことだったのだろうかと考えながら、つき子は切れた携帯電話を握りしめていた。

五話
夜のトワエモア

あちこちすり切れた革製のトランクは、いつものように骨董店の片隅に置かれている。飴色の表面にはよごれも目立つが、使い込んでもなお現役の風格は、古いものばかりの店内でも目を引いた。もちろんその大きさも、存在感を示すにはじゅうぶんだ。

昼間の河嶋骨董店に、また店主の姿はない。つき子はかすかな後ろめたさを感じながら、トランクに近づいていく。

この中につき子の指輪があるとしたら、それはどういうことなのだろう。河嶋は、つき子の落とし物だと思わずに、もともと店にあったものだと思い込んでいるのだろうか。だとしてもあり得ることだった。

河嶋に、なくした指輪のデザインを説明したことはない、と思う。サファイアとは言ったかもしれない。それだけでは、あれがつき子のものだとは気づかないのは当然だ。指輪には、サファイアと同じ大きさの真珠もついているからだ。

一方で天地は、そのことも言い当てた。どうして彼は、サファイアだけでなく真珠がついているその指輪が、つき子のものだと思ったのだろう。真珠のことは、たぶん言っていないはずなのに。

トランクの蓋を開け、中のものを調べながらも、いろいろなことがつき子の頭の中をぐるぐるとめぐる。結局、トランクの中に指輪らしきものは見つからず、つき子はほっとする。

どうして指輪が見つからないことに安堵しているのだろう。なくしてしまった指輪ととに、あの出来事を忘れたいと思いはじめている？　でも、忘れるなんてできそうにない。まだ、忘れてはいけないという思いから、逃れられそうにない。

苦しくなって、つき子はそっと深呼吸した。

トランクの蓋を閉じ、そばにあった階段箪笥《だんす》に腰掛ける。それでもトランクから目を離せずにいると、店の戸口に立った誰かが光をさえぎった。

ひょろりとした影の形から、顔を上げるまでもなく天地だと思った。

「調べたのか？」

天地はトランクをちらりと見た。

「ええ、でも……」

「なかったんだ」

予想していたかのようだった。

「天地さん、見たっていうのは本当なんですか？」

つき子は疑いの目を向けた。

「本当だよ。あいつに訊いてみればわかるさ。トランクの中のものは、きちんと把握してるはずだから」

カウンターにもたれかかり、彼はトランクからつき子に視線を移す。

「なんでその指輪、大事にしてるわけ？　彼氏にもらった？　だったら普通、指にはめるよな。チェーンに通してネックレスみたいにして、ふだんは見えないようにしながらも持ち歩いてたんだろう？　なんでだ？」

チェーンに通していたことを天地に言っただろうか。ふだんは見えないように持ち歩いていたというのは、彼の想像だろうか。ただ、その想像は当たっているし、指輪を指にはめていないなんて、奇妙に思うのは当然だ。でも、その理由を誰かに話したことはないし、話そうとも思わない。

「お守りだから」

ごまかし半分に言うと、天地は笑った。

「何のお守りだよ」

「わたしがかわいそうじゃないっていう、お守りです」

「あれが見つからなかったら、かわいそうだってことなのか？」

「……はい。たぶん」

急に天地は、眉根を寄せた。

「ものになんか頼るなよ。気休めどころか、そんなのまったくの無意味だ」

「そんな言い方……。あなたに、わたしの事情はわからないじゃないですか」

「少なくとも、指輪がクズだってことはわかる。ふたつ石がくっついてるったって、小さいクズ石だ」

クズと言われ、だんだんつき子も腹が立ってくる。

「クズじゃないです。サファイアで、高かったんですから！」

「ふん、おめでたいよな」

おめでたい。たびたびつき子に向けられる言葉だ。何がおめでたいのか、わからない、いや、わかりたくないつき子は、そう言われてしまえば反論できない。手を握りしめながらも口をつぐむと、天地はなげやりに言い捨てた。

「あんたもさ、自分がかわいそうだっていうなら、オヤジの物語にでも助けてもらえばいい」

なぜか天地は不機嫌だった。さすがに頭にきたつき子以上に苛立っている。大股でこちらに近づいたかと思うと、持っていた紙袋を押しつけてきびすを返す。

ずに出ていった。

「ちょっ……！」

こっちを混乱させて逃げるなんてずるい。呼び止めようと声をあげるが、彼は立ち止まらずに出ていった。

「なんなのよ？　あの言いぐさは」

腹が立つよりも、悲しかった。あの指輪を、クズだなんて。ずっと、大切にしてきたのに。力が入って、紙袋を握りつぶしてしまいそうだった。いつもの、河嶋への差し入れだと思い直し、ゆっくり力をゆるめる。中を確かめると、鈴カステラが入っていた。

何だか急に脱力した。店の場所をうまく教えられなくて、つき子のために買ってきてくれたのだ。

天地はなぜか、つき子のことを気にかけてくれる。でもそれが、単純に好意かというと、よくわからなくなる。

彼がつき子に興味を示すのは、河嶋との関係にワンクッションを置くのにちょうどいい位置にいるからではないかという気がするが、だったら飲み会のあとで誘ったのは何だったのだろう。

ビニールの袋に入った鈴カステラに、答えなんか書いてないのはわかっているが、光に掲げるようにして眺める。まるいカステラは、半分が焼き目をつけたような焦げ茶色で、もう半分が卵色だ。

まるで、昼と夜のようだった。昔、理科の実験室で、地球儀にライトを当てたことを思い出す。そんな連想が、なくした指輪にたどりつく。真珠とサファイアも、昼と夜の色だ。

ふたつも宝石がついてるから、値打ちがあるんだと聞いていた。天地はクズ石だと言ったけれど、彼に鑑定ができるわけじゃない。

でも、やっぱり腑に落ちない。どうして彼は、つき子の指輪にふたつの石がついていることを知っていたのだろう。

考えてみても、正解になんてたどりつけない。つき子はあきらめて立ち上がる。

指輪を本気で見つけたいなら、どうすればいいかはわかっていた。夜の公園へ行けばいい。

今のところ、トランクに指輪はなかったが、夜の露店でなら入っているかもしれない。客として公園へ行けばいい。河嶋の前でトランクを覗けば、その中につき子のほしいものがあるかどうかわかるだろう。


成美から連絡があり、いつものカフェへ向かうと、カウンター席で落ち着きなくコーヒーをかき回している姿が目についた。成美にしてはめずらしい様子だ。

「また河嶋さんの店へ行ってたの？　もう行かないことにしたんじゃないの？」

お待たせ、とつき子が言う間もなく、成美は口を開いた。

「どうして、わかったの？」

「さっき、どこにいるのってメールに、ちょっと出てるって返事したでしょ。いつもなら、家かスーパーかコンビニじゃない」

「そんなこと。たまには違うところへ出かけることもあるよ」

「具体的な場所を言わないのがあやしいの。ぴんときたわよ。つき子はうそがつけないんだから」

白状しろとばかりの鋭い視線に降参する。

「うん、骨董店へ行ってた。天地さんが、わたしの指輪を見たって言うんだもん。でも、やっぱり見つからなかったんだけど」

「見たって、どこで？」

「河嶋さんのトランク」

成美はコーヒーカップにそえていた手をひざの上におろし、ため息をつく。

「だから、お客さん以上に近づくべきじゃないのよ」

近いうちに、つき子はそのお客さんになろうとしているのだ。しかしそのことを話そうかどうしようか迷っているうちに、成美は別のことを切り出した。

「これ見て。図書館で新聞記事を見つけたの。二十年前の火事のことよ」

あらたまったように、つき子のほうに差し出したのは地方紙の記事をコピーしたものだった。

「焼けたのは、間違いなく河嶋骨董店。二階から出火して、建物は全焼。ストーブの火が原因と見られる、って。それより、ほら、ここ」

成美が指差したところには、〝内縁の妻が死亡〟という文字が見えた。

「……亡くなったのって、天地さんのお母さん？」

「そうなんじゃない？　河嶋さんと奥さんは入籍してなくて、だから天地さんと名字が違うのかなって？」

天地が施設にあずけられたのは、おそらくこのあとだろう。このとき母親が死んだことが、天地と河嶋のわだかまりにつながっているのだろうか。

それにしても、なぜ河嶋は天地を施設に入れたのだろう。母親が死んでも、天地を育てることはできたのではないか。

できなかったとしたら、天地には戸籍上の父親が別にいたからか。彼が母親の連れ子だった可能性はある。どちらにしろ、子供だった天地は見捨てられたと感じただろう。

「そっか……。そんな、大変なことがあったんだ」

「何？　また同情してるの？」

「だって、その火事の時、天地さんはどこにいたの？　建物の中だったかもしれないし、そうでなくても、建物が焼け落ちるのを見たかもしれないのよ」

母親が中にいる建物が、炎に包まれるのを見ただけでもずいぶんなショックに違いない。

「誰かを憎まずにいられないんだとしても、父親を憎み続けてるなんて異常よ。心の傷にとらわれてるなら、それだって病気みたいなものよ。カウンセラーでもないわたしたちみたいなのは、距離をとって正解」

「憎んでるって、言葉ほどの憎しみは感じなくない？　天地さん、むしろそれを口実に河嶋さんにまとわりついてるようにも思えるの」

するとと成美は、ますます眉間にしわを寄せた。

「忠告のつもりで、これ、つき子に見せたのよ。火事だって、本当にただの火の不始末？　もっと複雑な事実があるのかもしれない」

「事実？」

「たとえば、単なる事故じゃない、とか」

つき子はカプチーノをごくりと飲み込んだ。

「ドラマの見すぎよ。だいたい、事故じゃなきゃ何なの？」

「わかんないけど。疑問なのは、なんで火事の跡地でガラクタの露店をするの？　ってことよ」

物語を続けるのは、罪悪感からだという。河嶋は、火事のあった場所で許しを請い続けている。事故でも、大切な人を死なせてしまったなら罪悪感をおぼえるだろう。それとも、本当の意味で彼は罪を犯したのだろうか。

「あの露店で、物語を買って救われることもある。古いものにも価値があって、それを必要とする人がいるはずってのは間違ってないと思うけど、だからって、人の秘密は知るべきじゃないわ。ものの秘密が物語になるのとはわけが違うの」

河嶋父子の秘密を知りたいわけじゃない。つき子はただ、自分の指輪を見つけたかっただけだ。それが急に、河嶋や天地の意図の中に紛れ込んでしまったように感じている。

つき子の指輪は、彼らとは無関係な、単なる落とし物だった。そう思っていたのに。あの指輪に、つき子の知らない物語がまとわりつきはじめている。

真珠とサファイアが、斜めに並んだ形の指輪だった。つき子はふと、児童公園から見上げたまるい月と、青い回転式ジャングルジムを思い浮かべた。

わずかにも風がなく、夜になっても空気が生暖かく感じられた。路地をゆっくりと歩いていくと、建物のあいだにぽっかり開いた空間が現れる。街灯に照らされた背の低い植え込みの向こうに、ぽつりぽつりと簡素な遊具がある。

ぼんやりと、そんな空間に浮かび上がるのは、回転式ジャングルジムと大きなトランクだ。しかしそばに河嶋の姿がない。

どうしたのだろうと思いながらも、つき子はトランクの前に座り込み、開けっ放した蓋の中を覗いた。

誰かに持ち去られる心配もないからと、河嶋は置いたままにしているのだろうか。トランクの中身は、ここがゴミ捨て場だと言われても疑わないようなものばかりだ。

錆びた空き缶や、折れた縦笛、曲がったハンガーに編みほどいた毛糸玉。つき子は指輪がないかと目を凝らしたが、夜の暗さとランプの反射やガラクタの影が邪魔をして、昼間よりずっと見つけるのは難しそうだった。

「おや、いらっしゃい」

背後から声がして、飛び上がりそうになった。河嶋は、ゆっくりとトランクのそばを回り込んで、いつものベンチに腰をおろした。

「こんばんは。あの、今日は、いちど客として来てみたかったんです」

「そういえば、これまでそんな機会がありませんでしたね」

「見てもいいですか？」

「もちろんです。ごゆっくり」

堂々とトランクの中を調べられる。大きなキューピー人形と刺繍のクッションをどけると、いくらか中が見やすくなる。そうして、小さいものに目をこらし底のほうをさがしているつき子が、何を見つけようとしているのか、河嶋は気づいているだろうか。

無言の静けさが、かすかなやましさをふくらませてしまいそうで、つき子は口を開く。

「ここ、河嶋さんのお店があったって聞いたんです。本当ですか？」

驚くでもなく、河嶋はのんびりと頷いた。

「そうですよ。火事で焼けてしまうまではね」

「そのあと、公園が作られたんですか？」

「遊具やベンチはもともとここにありました。不要品を買い取って、敷地に置いていたものなんです」

「じゃあ、ここは本当は、公園じゃなくて、空き地というか、河嶋さんの私有地なんですね？」

「ええ。町内会では子供の遊び場として使ってもらってますけど」

手に触れた小さな金属は、クッキーの抜き型、キーホルダー、洗濯ばさみ。

「お店を建て直さなかったんですか？」

「物語を売るのに、もう建物は必要ないと思ったんですよ。結局、ガラクタ集めは止まらなかったんですけど」

ビンの王冠、指ぬき、クリスマスツリーの星飾り。

贖罪の物語を売りはじめたのは、奥さんが亡くなったからですか？

さすがにそれは訊けなくて、つき子は口をつぐむ。また黙り込んで、トランクの底をかき回している。

河嶋は、唐突に言う。

「私の物語は、あなたには無意味でしょう。今夜は、あなたの物語が聞きたいですね」

驚いて、つき子は顔を上げた。

「わたしの、物語ですか？」

トランクに身を乗り出すようにして、中を覗き込んだ河嶋は、古いキャラメルの箱をつまみあげた。蓋を開け、キャラメルを取り出すように手のひらの上に傾ける。転がり出てきたのは銀色の指輪だった。サファイアと真珠が斜めに並んでついている。

「それ……、わたしのです！　さがしてた指輪です」

「やっぱりそうでしたか。すみませんね。まさかあなたのだとは思わなかったので、別の人が捨てたものだと思い込んでいました」

「誰かが似たような指輪を捨てていったんですか？」

「それにあなたは、サファイアの指輪だと言っていたでしょう？　だからこれとは違うと思ったんです」

　サファイアとパールの指輪だ。確かに、ふたつの宝石は同じくらいの大きさだから、一粒サファイアの指輪をイメージすれば、違うものに思えるだろう。しかしつき子にとってそれはサファイアの指輪だった。

　そう言って手渡されたからだろうか。それにどちらかというと、つき子にとって真珠は平凡でサファイアは特別、そんなふうに見えていたからかもしれない。

「ふたつの石が同じ存在感なのは意味があるんです。けっして真珠は添え物なのではありません」

　河嶋は、指輪を目の上にかざしてくるくると回す。

「トワエモア、というデザインです。フランス語で、〝あなたとわたし〟。ふたつの石がふたりの男女を意味する、愛の誓いの指輪です」

「……じゃあ、婚約指輪みたいなものなんですか？」

「ええ。ナポレオンの時代からの定番ですよ。アールヌーヴォー、アールデコ、様々な流行のデザインで作られてきました。とはいえもう、現代では見かけなくなりました。婚約指輪といえば、一粒ダイヤが主流ですからね」

でも、つき子にこれを渡した人は、そんな意味があることも知らなかった。だからサファイアの指輪だと言った。たぶん、そのほうが高そうに思えるから。

思い出すと、やはりこの指輪との縁はよくないものだったのかと思えてくる。少なくとも、トワエモアという意味とは無縁の出会いだった。

「さて、これはあなたにお返しするべきでしょうか。だとしたら、この指輪の物語を聞かせていただかなければなりません」

「わたしが、話すんですか」

「そうすれば、これがあなたにとって本当に必要なものかどうかがわかります」

話さなければ返してもらえないのだろうか。

「これ自身が、あなたの気持ちを知りたがっているんですよ。帰るべきか去るべきか、悩んでいると言っていいでしょう。だからあなたがさがしてもなかなか見つからなかった」

見つからない場所にあったからだ。けれど、ものと物語の貴重な結びつきを目の当たりにしてきたつき子は、河嶋にものの気持ちを語られると、そうなのかもしれないと思えてくる。

つき子自身、指輪を持ち続けるべきかどうかわからなくなりはじめていた。わからないからこそ、指輪の話をするべきかもしれない。そうすれば、指輪の気持ちがわかるというならなおさらだ。

河嶋は、指輪をまたキャラメルの箱に入れる。蓋を開けたまま、それをベンチの脇に置いて、促すようにつき子を見た。


そのころ、わたしはまだ大学生で、今よりもずっと世間知らずだったと思います。今もそういうところはありますけど、もっと危なっかしかったことでしょう。

大学へ通うため、ひとり暮らしをはじめて、ようやく都会の雰囲気にも、学生生活にも慣れてきたころというのが、いちばん気がゆるむときなのかもしれません。少なくともわたしは、ひとりで生活をし、おしゃれをして化粧もうまくなって、大学の雰囲気にも都会にもなじんだつもりで、すっかり大人になったような気持ちでいたのです。

　学校ではそれなりにまじめに授業を受け、土日には大学の近くのファミレスでバイトをしたり、たまにサークル活動に参加したり、自分では毎日充実していると思っていましたが、彼氏ができないのが悩みの種といえばそうでした。

　グループで交流すると、いつのまにか周囲はカップルだらけになって、わたしだけ取り残されているのは、要領が悪いのでしょうか。みんなで楽しんでいるときは、みんなで盛り上がろうとしてしまうのですが、すでにみんな、一対一で親しくなろうと相手を選んでいるのですよね。

　そんなふうに、どうしてもちょっとはずしてしまうのですが、男の人をすごく好きになったことがなくて、自分はずっとこのままかも、それでもまあいいかなんて思うくらいでした。

　そんなとき、バイトしていたファミレスに幼なじみが現れたんです。ケイちゃんという、実家の近くに住んでいた人で、兄の友人でしたから、子供のころはよく一緒に遊びました。兄が高校に入る前に引っ越していって、それから会うことはなかったんですが、一目で彼だとわかりました。

　なんていうか、男の子にありがちな乱暴なところがなくて、誰にでもやさしくて、顔立ちも整っていて、小学校のころから人気者でした。初恋の人？　いいえ、そのころわたしは、クラスメイトに片想い……とはいっても、友達と好きな人の話を楽しむために選んだ片想いの人がいましたので、兄の友達のことは、もうひとりの兄のように思っていました。

彼が、兄やまわりのどんな男の子とも違う存在だったのは、わたしのことを何かとほめてくれたからでしょう。

わたしみたいな、勉強もスポーツも並、目立ったところもなく、背が低くてやせっぽちで、大勢の中では、いるのかいないのかわからない少女を、学校内でも見つけては声をかけてくれました。ピアノの発表会で着た服をほめてくれたのも彼だけでした。

家が両親共働きだったので、わたしはよく料理を手伝ったりしていたのですが、「すごいね、およめさんにしたいよ」なんて、子供のくせにさらりと言えてしまうのです。

人をほめるのが上手なんです。そういう人だから誰のことでもほめるので、わたしは話半分に受け止めていましたが、それでもうれしかったのは確かです。結局、いまだに彼しか、わたしをほめてくれる男の人は現れていないのですけれど。

ともかく、ファミレスで再会した彼は、わたしをおぼえてくれていて、声をかけてくれました。彼もこちらの大学に進学し、就職もしたのですが、そこをやめて、留学するためにバイトをしているという話でした。

それからときどき会うようになって。昔の思い出話や、兄のことや、そんな話をたくさんしました。チェーン店の居酒屋で、ふだんより少し飲んだとき、ふと彼は言いました。

「子供のころ、つきちゃんのことおよめさんにしたいって言ったの、おぼえてる？」

いつもの彼の調子のいい話だと思い、わたしは笑いました。

「そんなこと言ってたっけ？」

本当はおぼえていたけれど、おぼえてると言えば何だか重い言葉になってしまいそうでかわしました。

「やっぱりおぼえてないか」

残念そうに言うのです。

「今は彼女いるんでしょう？」

訊くのははじめてでしたが、なんとなくいるだろうなとは思っていました。予想通り、

「いるよ」と彼は答えました。

「つきちゃんは？」

「いる」

ちょっと見栄を張りたくなってしまったんです。見抜かれたかもしれないけれど、彼はそんなことは顔には出しませんでした。

「でもさ、こうして再会できるなんて、運命を感じるよね。変な意味じゃなくて、懐かしい

人に会えると、ほっとするっていうか、安心できる。いろんなことがあって、疲れてても癒されるじゃん」

　彼には、いろんなつらいことがあったのでしょうか。

「つきちゃんが、ちっとも変わってなくてうれしかった。うん、きれいになって、僕のことなんておぼえてないかもと思ったけど、声をかけてよかった。やっぱりつきちゃんは、純粋なつきちゃんのままだ」

　本当に、口がうまいのです。でもわたしは、彼にとっていい再会になれたのならよかったと、心からそう思っていました。

　その次に会ったときだったと思います。いつも、彼のほうから連絡があって、会うことになるのですが、その日はわたしのほうから誘いました。映画を見に行かないかとメールをしたんです。男の人を誘うのははじめてでしたから、幼なじみといえど、とてもドキドキしながら誘いました。断られたらどうしようと思いました。けっして深い意味ではなく、友達として誘ったものの、変に勘ぐられたら迷惑に思われてしまうかもしれないなんて、よけいなことを考えました。ケイちゃんはあっさりとOKの返事をくれて、わたしはほっとしていました。

　その日、ケイちゃんはずいぶん遅刻して、いつものカフェへやってきました。映画のはじまる時間は過ぎていましたが、それよりも、ケイちゃんの困り切った様子がただごとではなく、わたしは心配になりました。

頼みがあるんだ。そう言って彼は、文庫本くらいの薄いケースを取り出しました。開くと、指輪ケースだったらしく、いろいろな指輪が並んでいました。

「ひとつ買ってくれないか？　ひとつでも売れたら、先輩が留学資金貸してくれるって言うんだ」

聞けば、留学資金をどこで落としたのかなくしてしまったのだというのです。今日中に留学先の大学へ授業料を送らなければならないのに、このままでは送金できない。準備を進めてきたのに、留学できなくなってしまう。

先輩というのは、ケイちゃんが退職したという宝石販売の会社の人で、今月のノルマが達成できそうになくて困っているのだそうでした。だから、ケイちゃんがひとつでも売ってきてくれれば、お金を貸すと言ったらしいのです。

どれも、デザインが凝っていて宝石も存在感がある、高そうなものでした。値札を見ると、毎月の仕送りかそれ以上の値段です。

学生に買えるものではありません。わたしが困り果ててると、彼も困り果ててました。

「やっぱり、無理だよね。じつは、彼女に頼んだんだけど怒らせてしまって、電話もメールも返事がないんだ。友達にも断られて……」

わたししかいないんだと思い、迷いました。

じつを言うと、そのときわたしはまとまったお金を持っていたんです。少し前に、キャッチセールスで英会話の教材を契約してしまってて、親に無理を言って送金してもらってたんです。でも、成美がクーリングオフするように教えてくれたので、払い込まずにすんだお金が手元に。

親には、バイトしながら少しずつ返すと言ってありました。教材は買っていないのだから、うそをつくことは申し訳ないけれど、予定通り少しずつ返せばいい。何とかなるという気持ちでした。

そのときわたしは、並んだ指輪のひとつに目を止めていました。そう、ここにあるサファイアの指輪です。

「ああそれ、サファイアの指輪ね。いい石を使ってるんだ。一生ものだよ」

「真珠もついてるのね」

「まあね。飾りの真珠、もう少し小粒のほうがサファイアが引き立つのに」

「わたし、誕生石が真珠なんだ。でも、真珠って一粒じゃ味気ないから。こういうふたつ石のデザイン、見たことなかったけど、これなら味気なくないね。それにやっぱり、誕生石って特別だし」

「六月だっけ？　母と同じだ。そういや就職した年にさ、社員割引で母に真珠のペンダントをプレゼントしたんだ。そしたら、真珠は持ってるから、ダイヤやルビーのほうがいいのに、なんて言われたな。せっかくプレゼントしたのに、って腹が立ったけど、そうか、色つきやきらきらする石にもあこがれるよね」

「じゃあお母さんに、今度こそはダイヤモンドね」

「去年、亡くなったんだ」

それには驚きました。子供のころ、ケイちゃんのお母さんはいつもにこやかに兄とわたしを迎えてくれて、おやつをくださったりしたものでした。

「うそ、……知らなかった」

「気にしないで。つきちゃんがこれを気に入ってくれて、母のことを懐かしく思い出すのも、何かの縁かな。留学して、がんばれってことだよね」

応援したい気持ちはわたしも同じでしたから、大きく頷きました。

「わたしこれ、買うね」

「本当？　いいの？」

よかった、助かったと、もういいよと言いたくなるくらい感謝してくれて、わたしは、教材のキャッチセールスに引っかかったことさえ、悪くはなかったと思いました。

「うん、これ、つきちゃんのイメージにぴったりだよ。真珠って月みたいだね。ほら、地球の周りをまわる月。夜を照らしてくれるんだ。つきちゃんもそんなふうじゃない？」

その月じゃなくて、ついているとかいうほうだけれど、自分の名前に空の月を重ねられて、悪くない気がしました。青い地球と月に見立てられた指輪は、本当にその通りでした。それから彼は、いつになくまじめな顔で言いました。

「つきちゃん、帰国したらまた会ってくれる？　もし、そのときお互いフリーだったら、つきあおうよ」

それもまた唐突でした。

「先のことはわからないけど、つきちゃんは変わらないと思えるから、きっとまた会いたくなるような気がする。つきちゃんに会うと、僕も昔の気持ちを思い出せる。会ったときにフリーだったら、自然とそんな気持ちになると思うんだ」

何て答えたのか、よくおぼえていません。もちろん、彼の言葉を鵜呑みにしたわけではなく、再会したときには彼は結婚していたりするんだろうと、現実はそんなものだと頭にあったのですが、そのときは、すごくうれしかったのです。

ケイちゃんのことが、急に特別な存在に思えました。サファイアの添え物というには存在感のある誕生石がついた指輪を、どんどん好きになっていくほど、彼のことも好きになるような気がしたのです。

これ以上にすてきな指輪はないかもしれない。彼以上にすてきな人もいないのではないか。わたしを、地味めな真珠を、サファイアと同じ存在感にしてくれる。舞い上がってしまうような、そんな気持ちははじめてでした。

そもそも指輪なんてそれまで持っていませんでした。アクセサリーの中でも、指輪ほど意味ありげなものはないでしょう。だからか、彼の思いつきでもリップサービスでも、うれしかった言葉とともに、指輪はわたしの宝物になりました。

自分の部屋でそっと身につけて、眺めるだけで幸せになれる、そういうものを持ったのははじめてで、見れば見るほど指輪も細工も大好きになっていったのですが、今は、その指輪が好きなのかどうかわかりません。でも、捨てることもできなくて。

結局ケイちゃんからは、その後連絡が途絶えました。携帯もつながらないままでしたが、そのときはまだ、海外へ発《た》ったのだろうと漠然と考えていました。

実家へ帰った機会に、ケイちゃんと会ったことを兄に話しました。引っ越していってしばらくは連絡を取っていた兄も、彼の近況は知らなかったらしく、懐かしそうにわたしの話を聞いてくれました。

しかし、彼のお母さんが亡くなったらしいことを話すと、首を傾げ、数日前に見かけたというのです。彼の一家は他県へ引っ越したものの、親戚がこの町に住んでいて、その近所でお母さんの姿を見かけることはよくあったのだそうです。

兄の見間違いでないなら、彼はなぜ、母親が亡くなったなどと言ったのでしょう。わたしは混乱していました。

留学の話や、お金をなくしたこと、指輪を買ってくれれば先輩がお金を貸してくれると言ったこと、すべてがゆらぎました。もし、すべてうそなら、わたしが変わらないと言ってくれたことも、好意を向けてくれたことも、うそになってしまうのでしょうか。

指輪をきれいだと思い、好きになっていたわたしの気持ちも、バカバカしくて情けないだけ。自己嫌悪で深い沼に沈んでしまいそうです。

だからわたしは、だまされただなんて信じないことにしました。

指輪は本物のサファイアじゃないかもしれない。冷静な自分はそう気づいているのに、気づかないふりをし、価値があるはずだと思い込もうとしました。

もういちど彼に会えれば、何かの間違いだったとわかるはずだと、信じ続けました。

そうして結局何年も、指輪は捨てられないままでした。

捨てたら、わたしは彼にだまされたことになってしまう。

やさしくて人懐っこくて、平凡なわたしをたくさん持ち上げてくれた彼を、うそつきにしたくない。わたしにくれた言葉を、うそにしたくない。

指輪とわたしは同じです。彼の言葉で、きらきらと輝いて、貴重なものに見えていたのに、本当は、宝石でも何でもなくて、どこにでもあるくだらないもの。

わたしと同じだから、捨てられなかったのかもしれません。

☽

つき子は、うつむいたまま口をつぐんだ。気持ちが高ぶって、泣いてしまいそうだった。

河嶋も黙っていた。しばしの静寂が、乱れた心をやさしくなだめてくれると、ようやく落ち着いて、また口を開いた。

「指輪について知っていることは、これだけです。いまだに、彼がどこでどうしているのかわかりませんが、両親が離婚していたことや、受験に失敗して家出をし、あちこちで借金をしていて、実家にも苦情があるというのは、兄からちらりと聞きました」

河嶋は、つき子に棒つきキャンディーを差し出す。受け取って、その場で包み紙をはがしていると、縁日の露店に陣取る子供みたいだと思えてくる。無邪気にビーズの首飾りに目を輝かせた子供のころは、プラスチックが何よりもすてきに見えた。それは、単なるにせものの宝石だったろうか。そうではなく、何でできていようと心をつかまれたものだったのだ。

　舌先に感じるあまさが、心の痛みを遠ざけてくれる。

「サファイアじゃ、ないんですよね？」

つき子は勇気を出して訊いてみた。さっき河嶋は、サファイアの指輪じゃないからつき子のものだと思わなかったと言った。トワエモアの指輪、だと。でも本当は、サファイアなどどこにもなかったのではないか。

「人工真珠とクリスタルガラスです」

　驚きはなかったが、想像したほどの落胆もなかった。

　河嶋に話をしたことで、もう自分をごまかす必要がなくなったのかもしれない。

　それでも、指輪を捨てるべきか持ち帰るべきかよくわからない。価値がないならいらない、というには、これまでこだわり続けてきた。

「そうですか……。あの、わたしの指輪だと気づいたのはなぜ……」

「ここへ来て、トランクの中の小さな金属をさがしていたでしょう？　天地が教えたのですよね？　トランクの中に指輪があると」

　頷くと、彼はもういちど、キャラメル箱の中から指輪を取り、目の高さに持ち上げた。

「これは、天地がトランクの中へ放り込んでいったものなんです」

「え？」

「私は見ていないと思ったんでしょうけど」

つき子が落としたものだ。なのに、天地がトランクに？

「あなたの指輪だと、天地は知っていたのでしょうね。だから、トランクの中にあるとあなたに教えることができた」

つき子より先に、天地は指輪を見つけていたということだろうか？　そうして、トランクへ入れたのか。なぜ、返してくれなかったのだろう。そうしてなぜ今さら、トランクの中にあるだなんて教えたのだろう。

「物語の足りない部分、天地に話してもらうのがいいでしょうね」

☽

指輪の気持ちなんて、わかるわけがない。指輪にまつわるいきさつを、いくら正確に思い出して語っても、それがつき子のそばにいたいのか、いたくないのか、わかるわけがなかったのだ。

それとも河嶋が言うように、足りない部分の話を聞けば何かが明らかになるのだろうか。天地がなぜ、つき子の指輪を返してくれなかったのか、気になることではある。でも、理由を知る意味があるとは思えなかった。つき子へのいやがらせ？　むしろ河嶋への嫌がらせかもしれないけれど、それに指輪を使うなんてあんまりではないか。

ケイちゃんと同じように、天地もつき子を利用しようとしただけなら、そんな事実は知りたくない。

「ねえ、聞いた？　ノリちゃん会社やめるんだって」

仕事中なのに集中できないつき子の耳に、そんな話が聞こえてきた。

結局彼女は、あれからランチの外食に同行することはなく、部署が違うつき子は、顔を合わせる機会がないままだった。

「派遣の契約切れ？」

「じゃなくて、仕事やめて田舎へ帰るみたい」

本当なの？　とその会話に加わらなかったのは、ちょうどパソコンの画面に、ノリちゃんからのメールが届いたからだった。

会社が終わったら、ちょっとつきあってほしいと書いてあった。

仕事をやめるという話だろうか。でも、つき子だけを呼び出すのは奇妙だ。疑問に思いながら、会社近くの喫茶店で待っていると、少し遅れてノリちゃんはやってきた。

「ごめんね、つき子さん。ランチ代、まだ返してなかったでしょ。返そうと思って」

「なんだ、会社でもよかったのに」

「つき子さんにはちゃんとあやまりたかったから」

もじもじと、彼女はうつむいた。ごめんなさい、と言ったようだった。

「会社やめるって聞いたんだけど」

つき子が口を開くと、ぱっと顔を上げる。

「うん、いろいろ考えたんだけどね」

疎外感をおぼえたからだろうか。

「あ、心配しないで。この会社がいやだとかそんなのじゃなくて、ずっと前から、ＯＬは向いてないなって思ってたの。あこがれてたんだけどね、だいじな連絡忘れて、叱られてばっかり。なんで気をつけないのかって思うでしょう？　いちおう、気をつけようとは思ってるのよ」

彼女は深く落ち込んでいるようだった。それでもいつものように、たたみかけるようにしゃべる。

「なぜなのかな。子供のころから忘れ物が多いの。子供のころは、忘れても誰かが注意してくれるでしょ？　あまえたまま大人になったからか、自分では気づけなくて、困ったものよね。だからつき子さんにも迷惑かけちゃった。つき子さんは、そういうあたしにぴりぴりしなかった。だからまた、あまえちゃったんだね。ホント、大人になれてないったら」

でも、誰だって、いくつ歳を重ねても、そんなに大人じゃないのかもしれない。つき子だって欠点だらけだ。

「つき子さん、人がよすぎるのも損だよ。あたしも図に乗っちゃったけど、他の人だって……。何でも引き受けてたら、利用されちゃうから」

ノリちゃんにもそんなふうに見えるのだろう。つき子自身も、ふと損をしているように感じることもある。だけど、断るよりも引き受けるほうを選んでしまう。押しに弱くて、自分がないからだろうか？　でも、簡単には自分は変えられない。だから、不本意なことをせめて不本意には思わないように、自分に言い聞かせてきたのだ。

ケイちゃんとのこともそうだった。それでも、引き受けることすべてが悪い結果になったわけじゃない。

「大丈夫、悪いように思う人ばかりじゃないから。だってノリちゃんも、わたしを利用しようと思ったわけじゃないでしょ？」

必死の顔で彼女は首を振った。

「違う、そんなんじゃなくて、お財布を忘れたときは本当にうろたえてて、みんな知らん顔だったけど、つき子さんが立て替えようかって言ってくれて、すごくうれしかったの。それだけで、あたし勝手につき子さんと親しくなれた気がしてて、何度も同じことお願いしたま
ま、ランチ代返すの忘れてて……」

「じゃあ、こうして話せてよかった。うれしかったって、こんなふうに言ってもらえること、わたしもめったにないからよかったよ」

相手の本音がわかるだけで、もやもやしたものは消え失せる。ほっとして、重い荷物をおろせたようだ。自然とつき子は微笑んでいる。ノリちゃんもようやく表情をやわらげ、いつものニコニコした彼女になった。

「……あたし、あやまるのって難しくて苦手だった。でも、今はすごくよかったって思えるから、これからは、迷惑かけたらちゃんとあやまれそう」

ノリちゃんもほっとしているのが手に取るようにわかる。

「ありがとう、つき子さん」

うまくいかなくて落ち込んでも、悪いことばかりじゃない。ありがとう、という言葉に、すっきりと心が軽くなって、つき子は喫茶店を出る。

なくした指輪と天地のことも、避けていては胸にもやもやしたものをかかえ続けていかな

ければならないだけ。向き合えば、変わるだろうか。

横断歩道の手前でつき子は足を止め、天地にメールを送った。

〝指輪の物語、聞かせてください〟


天地からの返事はなかった。数日後、つき子は河嶋骨董店を訪ねてみたが、めずらしく戸口に鍵がかかっていて、留守であるようだった。

どうしたのだろう。旅行だろうか。夜になって公園にも行ってみたが、河嶋の姿はない。月と、青い回転式ジャングルジムの間に古びたトランクがないのが落ち着かなくて、つき子はまぼろしを見ているような気持ちになった。

むしろ、河嶋のいた公園が夢だったのだろうか。物語を売る露店の夢を見ていただけ。携帯電話に天地という名前が登録されているのは現実だけれど、電話はつながらない。電源が切れているというアナウンスに、彼の存在すらゆらぐかのようでくらくらする。

まるい月とまるいジャングルジム。白と青。にせの、真珠とサファイアの指輪ごと、河嶋が消えて、天地も消えた。指輪の代わりに、月とジャングルジムがある。

どこに建物があったのだろう。焼けた骨董店は。見回してもよくわからない。本当は、そんなものなかったのではないか。

どうかしている。つき子はジャングルジムの前に突っ立ったまま、急いで成美に電話をかけた。

「つき子？　どうしたの？」

電話がつながったことにほっとするが、まだ頭の中は混乱していて、妙なことを口走ってしまう。

「ねえ成美、河嶋さんや天地さん、知ってるよね？」

「なに言ってるの。わたしそんなに物忘れひどくないわよ」

「河嶋さんがいないの。家も閉まってて、公園にも姿がないし。天地さんも電話がつながらなくて」

「もしかして、夜逃げ？」

「えっ、まさか」

「まあ落ち着きなさいよ。河嶋さんだって出かけることくらいあるだろうし、天地さんなら、いくらなんでも仕事はやめてないでしょ？」

すぐ近くに高校があることを思い出した。しかし今日はもう時間が遅い。

「そっか、明日、高校に連絡してみれば……。あ、梨香ちゃんに聞いたほうがいいかな。でも、……もしかしたら天地さん、わたしを避けてるのかも。メールの返事がないの」

「避けられる理由がある？」

思い当たるのは指輪のことだ。話したくないのかもしれない。

「せまられてひっぱたいた、とか？」

ふざけ半分に成美は言うが、恥ずかしくなってつき子はついムキになってしまう。

「やめてよ。天地さんはそんなことしないから」

「ふうん、意外と信用あるんだ、彼」

成美に、散々忠告されていたことを思い出し、はっとして口をつぐんだ。けれどつき子は、成美の忠告には従っていない。なぜなのか、自分でもよくわからない。

「どうしても、彼のこと気になるの？」

「そんなのじゃないの。ただ、なくした指輪のこと、天地さんが何か知ってるかもしれなくて」

それを聞きたいのは確かだが、そのためだけに、こんなふうに一生懸命さがし回るのは普通なのだろうか。

「ねえつき子、あなたは自覚がないから危なっかしいのよ。好きになりそうならしっかり彼のこと見なさいよ。どうして父親がふたりいるのか、施設にいたのか、なぜ河嶋さんを憎んでるのか、ぼんやりしてちゃだめよ」

どきりとして、言葉に聞き入る。

「よく見ないで、なんとなく好きかもなんて気分でふわふわしてると、ああいう人は無理だよ。相手にされないだけならいいけど、悪ければ利用されるよ」

ケイちゃんに対して、自分がふわふわした気持ちだったことを思い出す。

近づいて、深く知ろうとすれば、彼の両親の離婚や、大学受験に失敗して家を出たことや、彼にとってつらかったことも、話してもらえたかもしれない。そうだったなら、もっと違う形で、彼の助けになれたかもしれないのだ。

天地にも、ふわふわ接しているだけだから、指輪を彼がトランクに入れた理由もわからない。なぜ指輪のありかをつき子に告げたのかもわからない。

鈴カステラを買ってきてくれた気持ちも、河嶋の物語に惹かれるつき子に、彼が何かを問いたかった様子だったのも、意味があるのかないのかわからない。

知りたいなら、踏み込んでいくしかない。

「……ありがとう、成美」

電話を切って、公園を見回した。幻を見ていたような感覚は消え失せ、つき子はきちんと地に足をつけている。月と、その光に照らされたジャングルジムは不思議なくらい輝いて見えたけれど、ちゃんと目の前に存在している現実の美しさだった。

☾

翌日つき子は、梨香にメールをした。すぐに返事があり、天地はちゃんと授業をしているようだった。しかし部活には出てこないらしく、父親が入院したという話だ。

梨香は、入院先の病院を訊き出してくれた。

河嶋が家にも公園にもいなかった理由にようやく納得しながら、しかしあれほど病院を嫌っていたのに入院だなんて、一大事ではないかと心配しながら、つき子は仕事のあと、急いで病院へ向かった。市内でも大きな総合病院だった。

天地にばったり会ったのは、待合室にある自販機の前だ。缶コーヒーのボタンを押しながら、彼はつき子に気がついて向き直った。

「あれ？　誰か入院してるのか？」

花を持っていたつき子に、そんな的はずれなことを言う。

「ち、違います、わたし、心配で」

言葉に詰まってしまうつき子に、天地は歩み寄る。じっとこちらを見ているから、なんだか気恥ずかしい。と思っていると、冷たい缶コーヒーを彼はつき子の頬に押し当てた。

「顔が赤い」

「は……」

「ごめん、心配かけて」

ちょっとけだるそうに微笑む。いつもの天地の顔を見たら、気がゆるんで泣きそうになった。避けられてたわけじゃなかった。それだけのことで緊張が解ける。

頭を撫でる手がやさしくて、胸が震えた。

「あの、河嶋さんは」

「こっち」

歩き出す天地についていく。ナースステーションで何か記入して、廊下を奥へ進む。ずいぶん長い廊下だ。病院の長い廊下ほど、人を不安な気持ちにさせるものはないだろう。

突き当たりの、集中治療室に河嶋はいた。ガラスの向こう側で、いろんな機器や点滴につながれて目を閉じていた。

「茶の間に倒れてて。おれが見つけて救急車呼んだ。病院はいやだって言うこともできなかったから強制入院さ」

天地はにらむようにガラスの向こうを見ている。

「心臓、昔手術したらしいんだけど、また弱ってきてるんだそうだ。今のところ一命は取り留めたけど、予断は許さないって……。まだ死んでもらっちゃ困るってのに」

握りしめた拳をガラスに押し当てる。憎しみよりも、哀しみがにじんでいる。本当のところ天地は、河嶋に何を求めているのだろう。けっして復讐ではないはずだ。

ガラスから離れ、天地は壁際のベンチに腰をおろした。つき子も、遠慮がちな距離を置いて隣に腰掛けた。気休めさえ言うことができなくて黙っていた。

河嶋と話したことが、断片的に思い浮かぶ。キャラメルの箱に入った指輪、トワエモア、人工の真珠とクリスタルガラスのサファイア。

どうして河嶋は、天地がトランクへ入れた指輪をそのままにしていたのだろう。

指輪の物語を、河嶋は知らないと言った。だからつき子に話を促した。

天地のことを、彼が何を思って指輪をあえてトランクに入れたのかを、知りたかったのではないだろうか。

「メールの返事、できなくてごめん」

しばらくして、天地はそう言った。

「指輪のこと知るには、天地さんの話を聞くべきだって、河嶋さんが言ったの」

「やっぱりあいつ、おれが指輪をトランクへ入れたこと、気づいてたんだな」

廊下は静かだ。遠くのほうで足音が聞こえては消える。

「天地さんは、あの指輪をわたしより先に見つけてたんですか？」

「つき子が指輪を落としたのは、あいつの店じゃないよ。飲み会のときだ。店を出ようと席を立ったときに落ちたんだ。声をかけようとしたけど、急いで行ってしまっただろう？」

急いでいたわけではないけれど、二次会は行かないほうがいいと思っていたからさっさと抜けた。そのときに落としたなんて、気づかなかった。

「それで指輪をよく見たら、見覚えがあって驚いたんだ」

「見覚えが？」

ああ、とだけ言って、天地は黙り込んでしまう。天地とケイちゃんには何かつながりがあったのだろうか。あったとしたら、つき子にとっては悪い予感しか浮かばない。不安になって、急いで別の疑問を口にした。

「もしかして、メールでわたしを誘ったのは、指輪を拾ったからですか？」

「うん。どうしてあれを持ってるのか、気になったから。それとなく訊き出そうと思ったけど、メールの返事がなかったし、なんだかどうでもよくなって、オヤジのトランクに放り込んだ。ところが店でつき子に会って、あれをさがしてるって知ったんだ。やっぱり取り返そうと思って、トランクをこっそりさがしたけどなかったからさ、あいつが、おれが入れたことに気づいて隠したんだろうとは思ってた」

それから彼は、深い息を吐いて眉間にしわを寄せた。どうやら指輪には、彼にとって苦しい思いがまとわりついているらしい。

「ごめん、だいじなものを隠してて。つき子のものなのに、おれは自分に、あれを処分する権利があるように思ってしまってた」

天地は頭を下げる。

飲み会のあと、高田先輩につき子の連絡先を訊いたのも、食事に誘ったのも、普通の意味で興味を持ったからではなかったのだ。

期待してうかれると、つまらない結果に落胆する。いつものことだ。やっぱりそういうことか、と思いながらも、つき子はめずらしく、落胆はしていなかった。

今、指輪のことを語ろうとしてくれている彼は、つき子に苦しいことを打ち明けようとしている。それとなく訊き出そうとしたというあのときより、もっとずっと自分たちは近い。

「あいつのトランクに入れたのは……、いやがらせみたいなものだった。あいつにとっては後味の悪い記憶しかないだろうから。いや、指輪なんか見たって何も感じないか。……もしかしたら、あれがどんな物語を語るんだろうと思ったからかな」

指輪の話を聞くことは、もしかしたら彼の傷に触れることかもしれない。それでも問うなら、つき子は自覚しようとした。この人のことを知りたいんだと。

「あの指輪を、どうして知っていたんですか？」

その問いに、天地はつき子のほうをまっすぐに見た。

「おれが作ったんだ。トワエモア、母の空想の中にしかない指輪だった」

火事で死んだ母親だ。にわかに緊張しながらつき子は問う。

「作った……って、手作りですか？」

「彫金、しばらくやってたから。金属加工の会社に入って、当初は真鍮製品の鋳金やロジウムコーティングを扱ってた。会社じゃ手頃なアクセサリーも作ってたから、彫金に興味を持って、先輩に教えてもらうようになったんだ。想像した形が、現実に出来上がっていくのは楽しかった。もちろん商品とは関係のない習作だったけどね」

中井戸が、金属加工の話をしていた。天地が大検を受けて大学へ行く前の話だった。

「そんなとき、若い女の子向けにファッションリングを卸してる会社が、商品のサンプルを貸してほしいと言ってきた。うちの会社とは取引があったし、上司が貸した中に、おれの習作も紛れ込んでしまってさ。まあサンプルだから、もし注文されたって同じものを作って納品することになるだけだ。流行のタイプでもないし、すぐ返されるだろうと思ってた。そのサンプルを、貸し出した会社から、若いやつが持ち出したらしいんだ。そいつはそのまま退職してて、なかなか返却されなかった。返ってきたときには、おれの作ったものがなくなってた」

つき子の脳裏には、ケイちゃんに見せられたケースが思い浮かんだ。指輪がずらりと並んでいた。

「素材も石も安物だ。さほど問題になることでもなし、会社どうしで話をおさめたけど、おれはどうしても取り返したくて、そいつの名前や住所を訊いた。訪ねていったら、ルームシェアしてたって男がいて、出ていったっていうんだ。安物の指輪が高く売れたとか話してたらしい。前の会社から何やら持ち出してトラブルになってたから、もう関わらないことにしたって同居人は言ってた」

ケイちゃんがつき子にしたことが、はっきり裏付けられる話だった。もう、ケイちゃんに悪気はなかったなんて自分を慰めることもできない。指輪を大事にする理由もない。でも、指輪が悪いわけじゃない。

「おれが作った指輪を、その男が売ったんだ。それも、本物の宝石だと偽ったに違いなかった」

天地はくやしげに声を絞り出す。

「人をだますのに使われたんだ」

天地にとって思い入れのあるものだった。つき子の胸も締め付けられるように痛んだ。

つき子が落とした指輪を見て、その男から買った被害者だと気がついた天地は、連絡を取ろうとしたけれど、にせものだと伝えるべきかどうか迷っただろう。むしろ、なにも知らないならそのままのほうがいいと思い直したのかもしれない。なくした指輪が本物かどうか、つき子にはもう調べるすべはないのだ。

結局、つき子はメールに返事をしなかった。天地は、指輪をトランクの中に放り込んだ。

その指輪が、今目の前にある。天地の手のひらに、ころんと乗っかって、白く青く、病院の蛍光灯に浮かび上がる。

「オヤジの上着のポケットに入っていた」

つき子は、受け取ってよく眺めた。ふたつの石を取り巻く、台座のカーブが美しい。やさしくふたつの石を抱き込んで、小さな螺旋《らせん》を描いている。まるで、地球と月が互いに引き合いながら、自転と公転を繰り返す渦のように。

「でもわたし、だまされたんじゃありません。これがいいなと思ったんです。なんだか、すごく惹かれたんです」

何の宝石か、値段もよくわからないうちに、つき子は天地の指輪に目をとめていた。これを選んだのは、だまされたわけでも何でもない。

天地は不思議そうな顔をしたが、つき子をじっと見つめ、やがて微笑みを浮かべた。

「ありがとう。おれの作品、捨てないでいてくれて」

そのときつき子は、もしかしたらこのために捨てなかったんじゃないかという気がしていた。天地の作品を、つき子は気に入ったから買ったのだ。

指輪にまつわる物語が変わる。それとともに、指輪の意味も価値も変わる。つき子自身も驚きながら言う。

「まだ、持っててもいいですか？」

「いやなこと思い出さないか？」

「ありがとうって、天地さんが言ってくれたことだけ思い出します」

覗き込むように向けられた視線が、戸惑いがちにゆれた。それから少し照れくさそうに微笑んで、天地は立ち上がる。

「ここへはバス？　送っていくよ。もう面会時間も終わる」

ごく自然に手を差し出され、受け入れながらつき子は、ガラスの向こうの河嶋に、また来ますとつぶやいた。

外へ出ると、まるい月が空に浮かんでいた。

「指輪、どんな空想から生まれたんですか？」

天地も空を見上げて、しばし考えていた。

「子供のころ、母はいろんな物語を話してくれたけど、何度も聞いて、いちばんよくおぼえてるのは、青い地球儀と月の話だ。地球儀は、地球のにせもの。なぜにせものなのかっていうと、月がないからだってその地球儀は考えるんだ。大きくて立派な地球儀だったから、自分も月を見つければ、ほんものになれるはずだってね」

「なんだか、絵本とか童話ふうですね」

「そうだよな」

月と地球儀、その白と青は、つき子の中でもはっきりとしたイメージで浮かぶ。

「公園の、ジャングルジムが思い浮かびます。青くて、地球儀に似てる」

「うん。母も、あれをイメージしてたんだと思う。あれって、グローブジャングルって言うんだって知ってた？　地球儀型ジャングルジムってこと」

「へえ、じゃああれも、月をさがしてるんでしょうか」

「だとしても、見つからないよ。永遠に」

断言するのはどうしてだろう。

「母は毎日、いろんな物語を語った。話し続けていないと、魔法が解けるんだと言っていた」

「魔法？」

「何もかも消えてしまうんだそうだ。……死んだのは、物語が途切れたからかもな。ほら、千一夜物語だっけ？　物語を続けないと、王様に殺されるって話だろう？」

「あの、お母さんの死を、河嶋さんのせいだと思ってるんですか？」

つき子の問いに、一瞬だけ、彼の瞳は暗く陰った。

「母はオヤジが好きだった。惚《ほ》れてるってこういうのかと子供心に思った。地球儀と月の話はたぶんオヤジから母が聞いた話で、母にとって特別な物語だったんだ。自分たちを、地球儀と月に重ねていたんだと思う。けど、おれはあいつの子供じゃなかった。そのことを、母はたぶんあいつには隠していて、もし知られたら、家族ごっこも終わると思ってたんじゃないかな。骨董屋のあの家で育って、おれは自分の家だと、両親だと信じて疑わなかったけれど、本当は違ってたんだ」

つながれた手に、かすかに力が入るのがわかる。

「今も、何が本当かうそかわからない。子供のころの、ありふれた毎日がにせものだったなら、今の自分は何なんだろう。ずっと本物になれない地球儀みたいなものかな。月がない……、確かなものが何もない」

月を見つければ本物になれるという地球儀。トワエモアの指輪は、地球儀の夢をかなえたものだったのだろうか。それは、天地の母親の夢でもあり、本物の自分を見つけたかった彼自身の夢でもあるのだ。

天地は立ち止まる。ぼんやりしていたつき子は、彼とともに立ち止まって、やっとバス停だと気づく。バスがこちらへ近づいてきている。

「ちょうどよかったな」

手が離れると、急に淋しくなる。つき子の前で、止まったバスのドアが開く。

「天地さん」

「じゃあな、気をつけて帰れよ」

「月なら、わたしが……」

かすれるような小さな声だったけれど、言ってしまったことに自分でも驚いた。天地には聞こえなかっただろう。聞こえたって、何のことかわからないに違いない。それでも恥ずかしくなって、逃げるようにバスへ駆け込む。

振り返ると、天地が手を振っているのがちらりと見えた。

私は、地球儀です。博物館のホールに置かれていました。大きくて立派だと、訪れる人は足を止め、私を眺めます。青い海と緑の大地を確かめ、赤道や子午線をたどり、深く頷いたり微笑んだり。そんな人々に正しい知識と、驚きや感動を与えるのが私の役目でした。

しかし私には、もっと大きな夢がありました。それは、本物の地球になることです。つるつるした表面に本物の植物を生やし、水をたたえ、くるくると回り続けたい。そんな願いです。何から何まで、私は本物の地球にそっくりなのです。いつか地球になれると信じて疑いませんでした。

そんなある日、ホールにブロンズ像がやってきました。少々前衛的な女の像で、有名な芸術家からの寄贈だったようです。

私の夢の話を聞き、彼女は言いました。あなたは本物の地球にはなれないわよ。だって、月がないじゃない。

私は驚きました。月？　月って何だい？

いやだ、知らないの？　ほら、夜になると空に見えるでしょう？　まるかったり細かったりする白いやつよ。

ホールから見上げると、天窓の向こうに空が見えます。そういえば、ときどきまるくて明るいものが窓を横切っていくのは知っていました。それが窓からこちらを覗くと、夜のホールが夜明けのように明るくなるのです。

あれが月。地球は月を持っているのか。

そうよ。月を持っているの。

私の月はどこへ行ったのだろう。

なくしたの？　だったら、博物館のどこかにあるんじゃない？

私は、博物館の中をさがすことにしました。

古い壺《つぼ》や剣や、書物やふすま絵や、いろんなものに訊ねました。私の月を知りませんか？見たこともないと、みんなそう言いました。それでも懲りずに訊ねていくと、誰かが第三展示室で見たというのです。よく調べてみると、それは銅鏡でした。まるくて輝いてはいましたが、あの、白く澄んだ、まぶしいほどの輝きではありませんでした。

結局、どんなにさがしても、私の月は見つかりません。そうしているうちに年月が過ぎ、私のつるつるした表面は、よごれ、くすんできていました。

ある日、博物館には、鮮やかに青い色をした、新しい地球儀がやってきました。入れ替わるように、私はホールから運び出されました。

私自身、年老いて疲れ切っているのを感じていました。もうすぐ寿命が尽きる。月は見つけられないまま、夢はかなわずに終わるのです。

様々なガラクタとともに、私はトラックに乗せられて博物館から運び出されました。ガタガタとゆさぶられ、古びた軸がきしみました。

やがて山道にさしかかったとき、トラックが大きくはずんだひょうしに、軸が台からはずれ、私は荷台から飛び出しました。球形の私は、まりのように跳ねて、山道を転がります。どこまでも転がりながら、岩にでもぶつかってバラバラになることを想像しました。もう終わりだ。あきらめたそのとき、ようやく私は止まりました。

やわらかな土と草がクッションになって、どうやらバラバラにならずにすんだようでした。周囲には田畑が広がっています。私は、小さな地蔵の祠《ほこら》の裏に、草に埋もれてとどまっているのでした。

ここが私の、最期の場所でしょうか。空を見上げると、夕焼け雲が赤く広がり、私自身も赤く染まって、日に焼けてくすんだ色も美しく塗り替えられたかのようでした。

日が暮れれば、月が見えるでしょうか。疲れ切っていた私は、しばし眠りに落ちました。

気がつくと、あたりは夜に包まれていました。月が出たのか私の周囲は明るく、草も、祠もくっきりと見えます。田畑のほうは暗く、山の峰に三日月がかかっています。

月が、向こうに？　では私を照らしているのは何でしょう。あわてて上を見上げると、そこにはもうひとつ月がありました。電柱からぶら下がる、まるい月でした。

私の月だ。とうとう見つけた。

私はよろこびに包まれました。これでやっと、本物の地球になれるのです。

それはすばらしい月でした。夜になると輝き、朝には陽光とともに気配を消します。欠けもせず、雲に覆われた日も雨の日も、変わりなく私を照らしてくれます。

やがて、草の蔓が私を覆い、緑に染めていきました。転がり落ちたときにできたくぼみには水がたまり、青い空を映します。私が望んだ本物の地球に、どんどん近づいていくのです。

月を見つけた私は、もう、にせの地球ではありませんでした。

やっと、地球そのものになったのです。

☽

つき子は、ポケットに入れていた指輪を取り出して、バス内の薄い光の中で、いろんな角度からじっと眺めた。

地球儀と月、ふたつの模造石は物語そのものだった。本物の宝石ではないからこそ、物語と重なる。どこかにその地球儀と、それを照らす電球は本当に存在していて、魂だけがここに宿ったかのようだった。

つき子はもう、だまされてにせものの指輪を買ったとは思わなかった。宝石にはない貴重な物語を買ったのだ。ケイちゃんのことも、昔のままの幼なじみとして、どこかで元気にしていることを願えるだろう。

六話
角ウサギの夢

日曜日、河嶋骨董店の玄関は開けっ放しになっていた。河嶋が帰ってきたのだろうかとつき子は覗き込むが、そんなはずがないのも頭の中ではわかっていた。

まだ意識は戻らないと、天地に昨日聞いたばかりだ。

店の中には誰もいない。つき子が片付けたため、いくらか見通しはよくなっているが、ガラクタは相変わらず山のように積まれている。そんなガラクタの奥にあるドアが開き、天地が顔を出した。

「来ると思った。まあ上がれよ」

つき子も、天地と会えるような気がしていた。

「なんだかわたし、ここへ来るのが習慣のようになってて」

「おれもだよ」

台所から部屋へ上がると、ちゃぶ台の上には和菓子屋の袋が置いてある。今日も天地は、河嶋のために買ってきたのだろう。

「和菓子、置いていってもしかたがないのにな。病院へ持っていったって食べられないのわかってて、買ってしまった」

　やはり天地は、河嶋のことを心底憎んでいるわけではない。本当の父親ではないという話だったけれど、本当の父親だと思っていた時期もあるのだ。

「お茶淹れましょうか」

「あ、おれが」

　天地は立ち上がろうとしたが、つき子はさっとやかんを手に取った。

「いえ、たまにはわたしが」

「いいのか？　悪い」

「いつもお菓子をいただいてますから。……このあいだの鈴カステラもいただきました。河嶋さんいらっしゃらなかったので、勝手にひとりで」

「ぜんぶ持って帰ればよかったのに。あれはあんたに買ってきたんだ」

　やかんを火にかけながら、ちょっとうれしくて頰がゆるんだ。茶の間の戸棚に、つき子が残しておいたままの鈴カステラの袋がある。それを取り出して、天地はちゃぶ台に置く。

「懐かしくて、おいしかったです」

「そうか？　ならよかった」

　袋からひとつつまみ出し、鈴カステラを彼は観察するように眺めた。

「なあ、鈴カステラって月に似てるよな」

どきりとする。このあいだ、天地の月になるなんて言ってしまった自分に過剰反応して、茶筒を落としそうになった。

「あ、そうなんですよね。わたしもこの前、それを見て思ったんです！」

「こうして回してみると、白いところが満月になったり半月になったり」

それから口へ放り込む。

「月ってあまいな」

何でもない言葉なのに、意味深な解釈をしてしまいそうで、急須へお湯を注ぐ手元に集中する。

「このあいだ、つき子と月の話をしてただろう？　それで思い出したことがあるんだ。昔、ここで暮らしてた子供のころ、ウサギの剝製が店の目立つところに置いてあったなって」

湯飲みをちゃぶ台に置きながら、思いがけない言葉につき子は興味を惹かれた。

「白いウサギですか？」

「いや、野ウサギ？　みたいな茶色のやつ。でもそれ、角が生えてた」

「えっ、本当に？」

「ずっとおれ、そういうウサギがいるんだと思ってたんだ」

「つくりもの、なんですか？」

「思えばいかにも鹿の角みたいだったから、つくりものなんだろう」

熱いお茶に息を吹きかけ、一口すする。いかにものんびりと語っているけれど、天地にとって重要な話だとつき子は感じ取っていた。

「その剝製、なんかおれ、好きだったんだ。怪獣みたいだと思ってたのか、生きてる角ウサギを飼いたいと真剣に考えてたな。そうしたらオヤジが、それはドイツに棲んでるって教えてくれた。日本でつかまえることはできないってさ」

「ドイツに？」

「輸入品かな」

野ウサギの剝製だとすると、確かにヨーロッパのほうがありそうだ。鹿や狐など狩りをして剝製にするようなイメージがある。

「火事のあとおれ、病院で気がついたときには、それだけを手に持っていた。どうしても離そうとしなかったらしい。角が折れて、耳もちぎれてしまって、もみくちゃになったみすぼらしいウサギだった。あの美しい角ウサギは死んでしまったんだと、悲しくなった。

それで、角ウサギを公園に埋めた。焼けた建物があった庭に。回転ジムの近くだったと思う」

やはり天地は、火事があったときあの場所にいたのだ。

「火事のこと、おぼえてるのは最初のほうだけだ。おれは、トランクの中にいた。きな臭い匂いがしたけど、蓋が開かなかった。母の声が間近に聞こえて、叫んだ」

お母さん、助けて。

「それからオヤジの声がして、母と言い争ってるみたいだった。母が泣き叫んだような気もする。……すぐに意識がもうろうとして、それしかおぼえていない。結局あのとき何があったのか、おれ自身はどうしてあの場にいたのか、よくわからないんだ。ただずっと、あいつのせいで母は死んだと思ってた。火事の中の言い争いは、母の魔法が解けたからだと思った。物語を続けられなくなった母は、殺されたんだと」

シェヘラザードのように、めでたしめでたしとはならなかった。

「恋いこがれたオヤジに見捨てられて、母が死を選んだのか、それともあいつが、おれのことを偽ってた母を見殺しにしたのか、もちろん魔法が解けたからなんてことじゃないのはじきに理解したけど、あいつのせいだってことは変わらないと、自分の中でそういうことにしたんだ。けど、本当にそうかどうか、剝製のこと思い出したら、疑問だらけだ」

天地はまた、一口お茶を飲む。

「あれを、ハサミで傷つけてたのは母だったからさ」

母親の印象が、つき子の中でもゆらぐ。夜ごとおとぎ話を語る、シェヘラザードの純粋で聡明《そうめい》なイメージが混乱する。

「その剝製、まだ埋まってるんでしょうか」

つき子が言うと、天地は驚いたような顔をした。考えてもみなかったのだろう。

「本当のことを知る、手がかりなんじゃないですか？」

「ぼろぼろの剝製で、何がわかるって？」

「ものが、教えてくれることもあるはずです」

河嶋の受け売りだと思いながらも、きっぱりと言う。チェーンを通してぶら下げている指輪に、つき子は服の上から指先で触れた。

「行きましょう」

「今から？」

「もちろんです」

つき子に気合いが入っていたからか、天地は億劫《おっくう》そうにしながらも異を唱えずに腰を上げた。スコップをさがし出し、それをかついでふたりで公園へ向かった。

「回転ジムの、どのへんですか？」

天地は、かつてあった建物を思い出そうとするように、腕組みをして上を見上げる。それから回転式ジャングルジムへ近づいていき、いつも河嶋が座るベンチとの間くらいで立ち止まった。

「このへんかな」

「このへんですね」

掘ろうとして、つき子が重いスコップを持ち上げる。

「おれがやるよ。危なっかしい」

天地はスコップの扱いも慣れていた。長い間に踏み固められていて、すっかり固くなっている地面に、楽々と先端を突っ込んで、掘り返していく。

「すごい、上手なんですね」

「バイトしてたからさ」

「金属の仕事をしながらですか？」

「大学のとき。学費も生活費も、貯金だけじゃ心許《こころもと》ないだろ」

この人は、ひとりで生きてきたのだ。ここで火事があって以来。ついしんみりしてしまうつき子をちらりと見て、天地は笑った。

「あんたが落ち込むなよ」

「あ、そうですよね」

　地面に穴ができていく。まだ何も現れない。

「不思議だな。おれの代わりに、つき子はうろたえたり落ち込んだりする。病院で、あんたの顔を見ておれは、オヤジが倒れたことに動揺しているのに気がついた。今も、そういや大変だったなとか、大変だと思うことすら封印してたんだとか気づくんだ」

「それは……、不愉快でしょうか」

「いや、重いものがなんだか軽くなるみたいだ」

　明らかにほっとするつき子に、天地はまた笑った。

「なあ、土に埋めた剝製が、いつまでも残ってると思うか？」

　土しか出てこない穴の、少し横に移動して、天地はまた掘りはじめるが、スコップを深く入れても手応えはなさそうだ。

「剝製って、腐らないんですよね？」

「それはちゃんと保存した場合だろ。地面に埋めたら水が染み込むし、虫はつくし草の根も張り出してくる」

「じゃ、もう何もないかもしれないんですか？」

「そんな気がするな」

「あ、でも、詰め物くらい残ってるかも」

詰め物で何がわかる？　と言いたげな顔だったが、天地はまだ土を掘り返し続けた。

ふと、金属がぶつかるような音がした。地面の中に何か固いものがあるようだ。急いで天地が土をどけると、アルミの箱状のものだった。

「何だこれ。おれは埋めてないぞ？」

つき子も手伝って周囲を掘り起こす。やっとのことで箱を取り出すが、蓋には南京錠《なんきんじょう》がついている。

「鍵がないと開きませんよ」

「とりあえず、家まで運ぼう」

土をはらった箱をかかえ、天地は立ち上がった。

河嶋骨董店へ戻ってくると、どこからか天地は大きな工具を持ち出してきて、南京錠を壊して取りはずした。アルミの蓋を開けると、透明なアクリルのケースが現れた。

「天地さん、これ……」

密閉されたアクリルケースに収まっていたのは、ウサギの剝製だった。それも、鹿のような角がある。口元には牙が覗いているが、片方の耳は途中でちぎれていて痛々しい。形も少しゆがんでいて、毛並みも美しいとはいえないが、かろうじてウサギらしい顔つきは保っている。

「河嶋さんが埋めたんでしょうか」

　つき子は天地と顔を見合わせた。

「他に考えられないな」

「どういうメッセージなんでしょう」

「メッセージ？」

「メッセージですよ」

　天地が剝製を埋めた場所に、きちんと保存の処理をされた同じものが埋まっていた。これを埋めた河嶋は、いつか天地が掘り出そうとするかもしれないと考えたはずだ。

「さあ、何を考えてるんだか。こんなものだけでわかるわけないよ」

「天地さんが埋めたのって、これなんですよね？」

「たぶん。もっとぼろぼろだったような気もするけど、切り刻まれたものを縫い直してるみたいだし、耳のちぎれかたも同じだと思う」

「これ、小鳥の羽ですかね」

　背中に、小さな翼もついていた。キューピー人形の羽みたいに小さいので、ゴミでもくっついているのかと目を凝らしたところだ。

「羽だな。前はなかった気がする。古くて傷んでたから、店にあったときにはもう羽が取れてしまってたのかもしれない」

　埋められた剝製を掘り起こし、修理した河嶋が、なるべく元の姿に近づけようと羽をつけたのか。

「こいつ、飛べるんだ。知らなかったよ」

　飛べることを、河嶋は天地に教えようとしたのかもしれない。いずれにしろ、天地に何か言いたかったのは間違いない。本当の父親ではないから、火事のあと、もう一緒には暮らせないのをわかっていて、河嶋は天地が埋めたぼろぼろの剝製を取り出し、修理して埋めておいたのだ。

「天地さん、火事の時に何があったのか、どうしてお母さんが亡くなったのか、本当のことが知りたいんですよね」

「え、ああ……」

　つき子が身を乗り出すと、たじろいだように彼は頷く。

「これにまつわること、思い出しましょう」

「思い出すったってなあ。やっぱりおれには、それで何がわかるんだって思えるよ。……オヤジが語ってくれるならともかくさ」

　そう言うと、天地は興味を失ったようにアクリルケースを床に置いたままにして立ち上がる。カウンターへ近づいていき、そばの引き出しからお金をつかみ出す。

「おれ、行くところあるから。また今度な」

「どこへ行くんですか？」

よけいなお世話だろうと思いながらも、天地は逃げ出したがっているように思えた。本当は何か思い出しているのではないだろうか。そうしてそこから目を背けようとしている。河嶋が埋めた角ウサギは、彼にとって何か意味を引き出すものであるはずだ。

「施設」

「って、天地さんがいた施設ですか？」

「そう。引き出しにお金が入ってたからには届けないと。倒れる前に入れたんだろう。あいつ、施設への寄付をずっと続けてるんだ。毎月少しずつさ。おれがいたころから、今もずっとだ。代わりに届けてくれって言い出したのは、おれが勝手に使ってもいいと思ったんだろうけど、あいつの金なんか使えるかよ。毎月きっちり、施設へ届けてる」

「そうだったんですか」

「今月は無理だと思ってたけど、早めに入れてたんだとしたら……、自分で体調悪いって予感があったのかな」

以前はわしづかみにしていた紙幣を、今までになく丁寧に折り畳んで、彼はポケットへ入れた。

「わたしも行っていいですか？」

赤の他人がどこまで首を突っ込むのかと、非常識に思われても不思議ではない。でもつき子は、思い切ってそう言った。

天地にとっての真実は、それが込められた指輪を持つつき子にとって無関係ではない。と、こじつけた言い訳で自分を納得させて。

「いいけどさ、ひま人だな」

さらりとそう言ってくれたので、つき子はほっとしていた。

☽

天地と乗り込んだ電車は、ふだんつき子が使う方向とは反対方面へ向かっていく。長い鉄橋を渡る間、広い川が見えていた。

川を渡ると、風景が急にのどかになる。高い建物が少なくなり、視界に緑が増える。そんな場所にある駅で、天地は電車を降りた。

「毎月、ここへ来るんですか？」

「そうだな。教師になってからだけど、あいつに負けるわけにいかないから、おれも毎月少しずつ寄付してる」

ホームに降り立つと、吹きつける風に潮の匂いが感じられた。海が近いのだろうか。改札を抜け、天地は慣れた様子で駅前の商店街を通り抜けていく。

「おれにとっては、無条件で受け入れてくれたのはそこだけだ」

河嶋さんは違うのだろうか。母親が亡くなって、家にいられなくなったなら、あそこは天地にとって家ではなくなった。けれど彼は、自分の家みたいに河嶋さんのところへ訪れる。復讐のため？　いやがらせ？　しかしそこにどんな意図があろうと、幼いころを過ごした自分の家は、今でも天地にとってあの場所だけなのだ。

「何歳のときから、ここに」

「七歳？　八歳かな。そのくらい」

彼は、河嶋を父親だと疑わなかったくらい幼いころからその年齢まで、家族として骨董店で暮らしていたのだ。親子三人の、どこにでもある普通の家族だっただろう。

ずっとそのままの日々が続くと信じていたのに、急に母親を失い、実の父親ではなかったと知ったのは、どれほどショックだったことか。それだけでも河嶋に裏切られたような気持ちになっても不思議はない。そのうえ彼は、母の死に関して河嶋に疑問を抱いている。

幼かった当時から、疑問を抱き続けているのだ。あまりのことにつき子は息が詰まりそうになって深呼吸した。

それでも天地に近づこうと思い、ここまでついてきた。彼がこらえているのに、つき子が泣くわけにはいかない。

「本当の父親はどうしてるんだと思うだろう？」

つき子は口に出していないが、思ったのは確かだった。天地は言葉を続けた。

「母が死んで、しばらく施設にいたおれは、本当の父親に引き取られることになったけど、そのころ父には新しい家族がいた。誰ともなじめなくて、手を焼かせたから施設に戻された。男子の跡継ぎが必要だとか思い立って、おれをさがしてたくせにさ。もともと父は、おれをかわいがってもなくて、じゃまだと思ってた。だから、ベビーシッターとして現れた母と結婚する気になったんだ」

ベビーシッター？

「え、ちょっと待って。お母さんって、本当の母親じゃ……」

驚いて立ち止まったつき子に、振り返って笑う天地は、自虐的だ。

「違うんだよ。本当の母親は、乳飲み子を置いて家出したんだと。とことんおれは、家族に縁がないんだ」

つき子はまた、急いで彼に追いつく。

「父と結婚したものの、母はおれを連れて家を出るんだ。原因は知らない。結局父は、離婚しても母におれを押しつけたまま、連れ戻そうとはしなかったんだから、厄介払いができたってものだったんだろうな」

「それから、お母さんは河嶋さんと？」

「もともと母は、あいつと親しかった。いったんは別れたんだろうけど、おれを連れて戻ったとき、おれのことをあいつの息子だとうそをついた。そうして三人、誰も血がつながらない、にせものの家族が出来上がった」

「お母さんが、物語を続けないと魔法が解けるみたいに言ってたことって、そのうそへの贖罪なんですか？」

「そうだろうな。秘密をオヤジに隠し続けるための、おまじないみたいなものか。おとぎ話が途切れない限り、三人でいられると思ってたんだ」

そのおとぎ話を、今は河嶋が続けている。彼は、どんな願いを込めているのだろう。贖罪？　それだけだろうか。

「ここだよ」

商店街を抜けたところで、天地は立ち止まった。

ブロック塀に木製の表札がかかっていて、「どんぐり園」と書いてあった。

ブナの木がたくさん植わってるんだ、と天地は言った。秋になれば、子供たちが争ってどんぐりを拾うのだろう。今も、庭では元気に遊びながら飛び跳ねている子供たちの姿がある。建物の中も外も、あちこちから声が飛び交っている。

天地は建物の裏側へ回り込んで、離れのような建物へ入っていった。入り口近くのドアをノックすると、中から「どうぞ」と声がした。

やさしそうな丸顔の老人が、窓際のデスクに座っていた。確か、園長室とドアの外に書いてあった。

「ああ、天地くん、いらっしゃい」

こんにちは、と頭を下げてから、天地はつき子を見て、おれの友達ですと言った。〝河嶋の友達〟からは、少し近づけたのかもしれない。そう思いながらつき子はぺこりと頭を下げた。

「よくいらっしゃいました」

そう言いながら園長は立ち上がり、天地とつき子をソファに促した。

「いつもありがとう。天地くん。おかげでずいぶん助かっているよ」

「先生は、河嶋さんと学生時代からの知り合いなんですよね」

天地はいきなりそう言った。河嶋さん、などとよそよそしい。〝あいつ〟や〝ジジイ〟呼ばわりより冷たく感じる。

けれど天地は、河嶋のことを問おうとしているのだ。たぶん、これまで問うたことのなかったことを。

「ああ、昔からよく知ってる。だからきみのことを僕に相談してくれてね。ここであずかることになったんだ」

「それは知ってます。河嶋さんと、おれの養母だった人のことを聞きたいんです」

園長は、少し迷ったように見えた。

「彼らの、何を？　何にしろ、河嶋がきみに語るべきことだという気がするんだけれどね」

「あいつ、倒れて入院しました。今は話が聞ける状態じゃないし、もしかしたらこのまま、問うこともできなくなってしまうかもしれません」

「入院？　本当かい？」

「生きている間に、知りたいんです。そうしたら、あいつに言うべきことがあるのか、あるとしたらどんな言葉なのか、わかるかもしれないから」

窓の外に響く声は、相変わらずにぎやかだ。けれど室内は静寂に包まれている。物音ひとつ立てないように、誰も身じろぎもせず黙り込んでいた。

やがて、園長が顔を上げた。

「きみとお母さんの複雑な事情は、河嶋が話すべきだろうと思っていた。でも、そうだね、河嶋は不器用な男で、結局、きみや亜弓さんときちんと向き合うことができずにいた。亜弓さんが亡くなったあとも、きみがいるこの施設へ寄付を続けるだけだった。自分たちのことを、きみに話すのは難しいのかもしれないね」

お茶を淹れてくれた事務員が、立ち去るのを待って、園長はまた口を開く。

「亜弓さん、そう、天地くんの養母だった人は、河嶋の教え子だったんだ」

「……教え子？　あいつ、教師だったんですか？」

偶然にも同じ職業に就いている天地は、複雑な表情をした。

「そうだよ。高校で地理を教えていた。やめて骨董屋を継いだのは、父親が亡くなってからだ。亜弓さんは、河嶋に好意を持っていて、高校を卒業してから何度もあいつの周囲に現れた。教え子だからって、河嶋は距離を置いていたんだが、亜弓さんも大人になって、彼も教師をやめたことで、まあ交際がはじまったんだよ」

園長は、お茶が冷めるからと勧める。つき子はいただくことにしたが、天地は身動きしなかった。

「そのころ僕はまだ会社勤めをしていて、河嶋と亜弓さんとはよく一緒に飲みに行ったりしていた。だから、亜弓さんが心底河嶋に惚れてるというのはよくわかったよ。彼女はよく、地球儀の話をしていた。河嶋が、いつも地球儀をかかえて教室を移動していた姿が好きだったと言っていてね。河嶋は、高校生だった彼女に地球儀と月の話をしたそうだ。その話を彼女は何より気に入っていたらしくて、僕にも教えてくれたりしたよ。河嶋は、骨董屋で育ったせいか、ものに心があるような話が好きだったようだ」

今の河嶋と容易に重なる。地球儀の代わりにトランクをかかえ、グローブジャングルのそばでものの話を語る河嶋は、若いころからあんなふうだったのだ。

「もちろんあいつも、彼女を大切に思ってたさ。ところが、婚約して、いちばん幸せそうに見えたそのころに、亜弓さんは突然河嶋の前から姿を消したんだ」

「えっ、どうしてなんですか？」

思わずつき子が質問してしまう。

「わからない。というか、そのころはわからなかった。でもおそらく……」

そこで言葉を切った園長が、次の言葉を発したときには時系列が一気に先へ移っていた。

「彼女が戻ってきたのは、確か、それから二、三年経ってからだった」

「子供を連れて、戻ってきたんですね」

「ああ、天地くん、きみをね」

河嶋の子だと言って、戻ってきたのだ。

「河嶋は事情を訊かなかった。亜弓さんも話さなかった。話したくないことは訊かないほうがいい。河嶋には、そういうところがあるからね。問うことで、彼女を追いつめるかもしれないと思うのもあったんだろう。僕から見ても、亜弓さんは思いつめているようで、心が不安定に見えた。でも当時僕は、天地くんを本当に河嶋の子だと思っていたよ」

「……まともじゃないですよね。結婚相手の連れ子を勝手に連れ出して、別の男のところで家族ごっこをはじめたんだ」

幼かった天地には、あらがいようもなかった。いや、亜弓を慕っていただろうし、母親だと信じていた。しかし、彼女が天地を本来の場所から引き離した張本人なのだ。

「亜弓さんは、本気で河嶋の子供がほしかったんだよ。でも彼女は、子供が望めなかった。亡くなってから親戚に聞いたんだけれど、子供のころの事故が原因らしい。亜弓さんは、河嶋と婚約したころにそれを知ったんだ」

「だからって……」

天地は言葉を詰まらせる。

「天地くんの気持ちはわかるよ。だけど彼女は、そのときの事故で両親を亡くしているし、親戚に引き取られて育った。河嶋を一途に好きになって、失ったものを取り戻そうと希望をいだいていただけに、ショックは大きかったんだ」

　彼女も苦しかったのだ。罪悪感をかかえながら、シェヘラザードのように物語を続けた。続けているうちは、河嶋のそばにいられると、魔法のように信じていた。

「どうして母は、死んだんでしょう」

「火事だろう？」

「あの火事は、無理心中だったって噂も当時あったんですよね。母のうそと、おれが赤の他人だったことに絶望して、あいつが火をつけたって」

　つき子には初耳で、しかも驚くばかりだった。河嶋が、あの温厚な老人が、そんなことをするだろうか。

　園長は、痛ましそうに目を伏せながらも、静かに、しかしきっぱりと言った。

「洗濯物が落ちて、ストーブの火に燃え移ったんだ。亜弓さんはうたた寝をしていて、逃げ遅れたそうだよ」

「でも、あいつは当時、無理心中だったと警察に言ったんです」

「そう。商売がうまくいってなくて、借金があって、と言ったらしいね」

「借金は返せる程度だったんでしょう？　だったら原因はそれじゃない」

「出火当時、河嶋は店にいなかった。近所の人が、煙に気づいて走っていく河嶋を見ている。

それで結局、河嶋の主張は責任を感じた自己嫌悪によるものとして退けられた」

「母は、恐れていたんです。いつかあいつに罰を受けると思ってました。その通りになったんです」

天地は絞り出すように言った。

「天地くん、角ウサギをおぼえてるかい？」

その言葉に、はっとして顔を上げたのは、つき子だけでなく天地も同様だった。

「先生もそれ、知ってるんですか？」

「知ってるも何も、きみはここへ来たころ、ほとんどしゃべらなくて、それの絵ばかり描いていたじゃないか。うまく描けないと、何度も何度も描き直していた」

そのことをおぼえていないのか、天地は首を傾げた。

病院へ運ばれるあいだも、病院でも、天地は角ウサギの剥製を離さなかったという。焼け跡の公園に埋めたとき、彼は何を感じていただろう。ショッキングなことすべて、角ウサギとともに埋めようとしたのだろうか。それでいて、大切なものまで埋めてしまったかのような喪失感に、絵を描かずにはいられなかったのだ。

「もしかしたらそれが、きみが知りたいことを知っているのかもしれないね」

施設を出て、天地は迷路のような住宅街を勝手知ったる様子で歩いた。やがて開けた公園へやってくると、芝生の丘に腰をおろした。つき子もそうすると、前方に青い海が見えた。

「園長先生も、つき子と同じことを言ってたな。角ウサギに意味があるんじゃないかって」

途中の自販機で買った缶コーヒーを彼は開ける。つき子はオレンジジュースのプルトップに指をかける。日なたはもう暑いくらいだけれど、風が心地いい。それに今は、明るい場所にいることが自分たちには必要だと思えるのだ。

「うん、でも、びっくりした……」

「無理心中の話？」

「それもだけど、園長先生にお母さんや河嶋さんのこと訊くと思わなかったから」

「おれも、訊けるとは思わなかった」

そう言って天地は笑った。

「つき子が一緒にいたからかな。いつも、訊こうかどうしようか迷いながら、結局切り出せなくてさ」

隣にいるつき子を、じっと見る。大きくて、引き込まれそうな目だ。

「来てくれて、よかった」

つき子も目が離せなかった。よかったなんて言われて、うれしくてドキドキする。天地が近くてドキドキする。

まいあがって、ぼんやりと見つめていた彼の顔が近づいてきて、つき子ははっとして体を引いた。

「わ、わたしもよかったです。……何か役に立てたなら……」

そっか、と天地は言った。

今のは、何だったんだろう。彼がわたしに……。

浮かれちゃダメ。そういうのは、ろくなことにならないのだ。でも、今度は違うかもしれない？

以前と違うと、変わろうと、つき子は一歩踏み出したつもりだ。ふわふわした気持ちでここまでついてきたわけじゃない。なのにやっぱり腰が退けてしまうなんて情けないではないか。

ちらりと天地のほうをうかがうと、彼はまた海のほうを見て、缶コーヒーを口に運んだ。

「実の父のもとにいたとしても、おれは幸せじゃなかったと思う。厄介者扱いされて、もっとグレてたかもしれないな」

　また普通に話しはじめる。ほっとしたのは、自分の態度で彼が気を悪くしなかったか、もう自分の話をやめてしまうのではないかと、心配になったからだ。

　彼に近づきたい。せめて今は、一生懸命に耳を傾ける。

「ただ、母だけは、あの人は、おれにとって本当に母親だった。母親だったときのまま、死んでしまったからかもしれない。けど母は、おれを何だと思ってたんだろう。にせものの子供を、本当に愛しただろうか」

　聞くしかできないけれど、彼が海を見ているなら、横顔を見つめていられる。

「何もかもにせものばかりだ。角ウサギだってつくりもの。地球儀は地球じゃないし、月もただの街灯だ。本物じゃなかったから、あんなことになったんだ」

　本物の、ふたりの子供ではなかったから、彼は自分のせいだと思うのだろうか。

「本物ですよ。だって、天地さんは世界にひとりですよ」

　トワエモアの指輪も、本物の宝石じゃない。でも、天地が作った唯一無二の指輪だ。それはけっしてにせものなんかじゃない。

　つき子は足に力を入れて立ち上がった。

「角ウサギのこと、わたし、調べます。あれの物語がわかれば、何かわかるはずなんです」

「そんなに一生懸命になってくれるのに、キスはダメなんだ？」

不思議そうに見上げ、さらりと言うから、つき子は踏ん張ったまま硬直した。

「えっ、そ、それはですね……」

そうだったんだ。やっぱりキス？　逃げなければよかったとか、いやでも、こんな見晴らしのいいところでとか、いろいろ混乱してあたふたする。

「いいんだ。つき子は指輪を気に入っただけだもんな」

そうじゃない。でもうまく言えない。自分が感じてきたこと、ジンクスのように守ってきたことを、急に崩すのは勇気がいる。何をどんなふうに、天地に伝えればいいのかもわからない。ただ今は、彼の力になりたいのだ。

「指輪だけじゃないです！」

思い切って、言葉にできたのは結局それだけだった。天地は首を傾げながらも笑った。

☽

ドイツの角ウサギについて調べるのはそう難しくはなかった。バイエルン地方の、伝説の動物で、ヴォルペルティンガーというらしい。ウサギの体に鹿のような角と牙を持ち、翼がある。そしてその剝製は、土産物屋で売っていたりするのだそうだ。

もちろんウサギに鹿の角や鵞鳥《がちょう》の翼をくっつけただけのものだ。きっと昔は、そんな剝製を見てヴォルペルティンガーが本当に存在すると信じた人は少なくなかっただろう。子供だった天地が信じたのも無理はない。剝製というものは、標本であるかのように実在を主張するのだ。

「天地さんて、剝製をぬいぐるみ代わりにしてたの？　それって妙な子供よね」

成美が、会社の隣にある図書館で、百科事典に載っていたとヴォルペルティンガーのことを調べて教えてくれた。しかし彼女の想像の中では、剝製はぬいぐるみと同一視されたようだ。

「ぬいぐるみかな。むしろ、昆虫に興味を持つようなものじゃない？」

「ウサギでしょ。ぬいぐるみのほうが近いじゃない」

剝製であるというリアルさと、死んだ動物の不気味さは、昆虫採集に通じているとつき子は思う。

「どっちにしろ、不気味。わたしはちょっと、さわれないな。ぬいぐるみだったとしても、これ怖いよ」

成美が指差した写真は、剝製のつくりが雑なのか、ウサギのかわいらしさは見あたらなかった。

百科事典での記述は短い。ヴォルペルティンガーにどんな伝説があるのか、たいしたことは載っていなくて、肉食だとか、満月の夜に生まれるといったくらいだ。

「満月……、ドイツでも月とウサギは関係あるのかな」

「月のウサギ？　あれは日本だけでしょ」

「そっか。でも、狼男は満月で変身するよね」

「じゃあこれは、ウサギじゃなくてオオカミみたいなもの？　確かに牙もあるしね」

また月のイメージだ。河嶋はヴォルペルティンガーで、何を天地に伝えようとしたのだろう。まだまだ靄《もや》に包まれている。

「おもしろいわよねえ、いろんな動物を組み合わせれば、河童《かっぱ》や鬼もできるよね。もしかして、河童のミイラとかそういうものなのかな」

成美はしみじみと言う。

「河童は知らないけど、人魚は昔、生産されてたらしいよ。猿と魚をくっつけて、日本からヨーロッパへ輸出されてたんだって」

「本当？」

「きっと、本物と見まがうように精巧な職人技だったのよ」

「つき子、よく知ってるね」

「人魚なら詳しいよ。小さいとき、絶対にいると思ってて、ミイラもあるんだからって信じてたもん」

「天地さんと同類だ」

成美はくすくすと笑った。天地のことを警戒するのはやめたのだろうか。つき子がひとつ前に踏み込んだなら、もう何も言うまいとしているのかもしれない。

「それはそうと、河嶋さんの容態はどうなの？」

「あんまり……よくはないみたい」

「元気になってほしいわね、まだまだ語られるのを待ってる物語があるでしょう？」

最初は、亡くなった妻の代わりに続けていた物語だろう。彼女が、天地や河嶋を本当の家族にするためにかけた魔法を続けるためだった。でも今は、それだけではなく、ガラクタたちの声を拾い、人とそれをつなぐためにも語っているような気がする。

つき子が落とした指輪も、河嶋の助言を経て価値を変えた。物語がなければ、いつまでもつき子の後悔を象徴するものでしかなかっただろう。

天地の角ウサギにも、物語があるはずなのだ。河嶋が語れない今、それの手がかりはどこにあるのだろう。少なくとも、百科事典には載っていないようだった。

　思い出したことがある、と天地から連絡があったのは数日後だ。駅で待っていた彼は、つき子を連れて骨董店とは反対の方向に歩き出した。

「おれさ、角ウサギを見たことがあるかもしれない」

「見たって、本物を？」

「そうなんだ。ウサギだと思ったけど、妙な角があった。すぐに草むらに消えたけど、その場にオヤジもいた。あれ角ウサギじゃなかった？　って訊いたら、角ウサギだって言ったんだ。たぶん」

　店にある剝製と同じ？

　そうだよ。生きてる角ウサギだ。

　ほしいな。飼ってみたい。

　生きてる角ウサギは、人にはつかまらないんだ。

「それから、オヤジがあの剝製をおれにくれたんだ」

　そうして、彼がやってきたのは、草に覆われた川原だった。堤防の上に立つと、伸び盛りの草が川縁まで広がっているのが見えた。

ところどころ、草の生えてない場所がある。人が通るために草を刈っているのだろう。つき子は天地とそうした小道へ下りていった。

「このへんで見たんですか？」

「そうだと思う。でももう、二十年も前だし、あのときのウサギがいるわけないか。それに夢だったのかもしれないし、何かを見間違えただけかもしれない。オヤジも見たのか、話を合わせただけなのか……、たぶん、そう、合わせただけなんだろう」

「普通のウサギはいるんでしょうか」

「さあ、誰かが捨てた野良ウサギがいても不思議じゃないと思うけどな」

そのとき、草むらで何かが動いた。小動物らしき動きが、草むらを移動する。

「ウサギかも！」

つき子が駆け出すと、天地も追ってくる。追われてびっくりしたのか、草むらを騒がせながら何かが駆けていく。姿を確かめようと、必死で回り込んだつき子の前に、突然飛び出してきたかと思うと、小道に躍り出たその姿は、ウサギではなく小型犬だった。

ベージュ色のミニチュアダックスは、飼い主のもとへ一目散に駆け寄り、足元にまとわりつく。

「ウサギじゃない！」

思わずそう言ったつき子に、飼い主の女性は軽やかに笑った。

「あなたたちもウサギをさがしてるんですか？」

「……といいますと、他にもウサギをさがしてる人がいるんですか？」

「そういうご老人に、よくここで会うので」

「老人、ですか？」

天地は一歩進み出る。

「ええ。近くで骨董屋をやっていると聞いたことがありますよ。丸いメガネに口髭のある、おしゃれな感じのおじいさん。角ウサギがいるはずだって言うんです。おもしろいでしょう？」

つき子は天地と顔を見合わせた。河嶋に間違いなさそうだ。

「角ウサギなんて、いるわけないじゃないですか」

自分も見たと言ったはずの天地は、なぜか苛立ったように否定した。

「でも、見たことがあるんだそうですよ。本物の角ウサギをもういちど見たいんだとか。それに、あのおじいさん、とっても博学なんですよね。見たというなら、本当にいたんだと思いますよ」

「まさか、角ウサギですよ」

女性は大きく頷いた。

「ウサギ乳頭腫という病気がありましてね、皮膚に角質化したいぼのようなものができるんですが、それが頭にできると角のように見えることがあるそうです。わたし、動物病院で働いてるのでたまたま知ってたんですが、おじいさんもそのこと知ってましたから」

天地が見たのは、そういったウサギだったのだろうか。

会釈して女性が行ってしまうと、立ちつくしたまま天地は頭を振った。

「あいつ、どうかしてる」

「河嶋さん、昼間は留守にしてることが多かったですよね」

きっと毎日、ここへ来ていたのだ。ずっと昔に天地と見たウサギを、もしまた見つけることができればと、漠然と願っていたに違いない。

「天地さんが、飼いたいって言ってたからかも」

「今のおれが、ウサギを飼いたいなんて年齢かよ」

天地はきびすを返す。ポケットに両手を突っ込んで歩き出す。

「それに、病気のウサギだ。にせものじゃないか」

どうせにせものなら、剝製と生きているものと、どちらを天地はほしがるだろう。生きているほうだと、河嶋は思ったのではないだろうか。

「剝製、ヴォルペルティンガーだっけ？　もし万が一、病気で角の生えたウサギがいたとしても、翼は無理だよな。ぜんぜん別物だ」

草むらが風に鳴る。もう動物の気配はない。日が傾きつつある川原は、空気が金色に染まりはじめていた。

「天地さん、角ウサギの何が気に入っていたんですか？」

「そりゃあ、角があると強そうじゃないか。カブトムシも角があるからいいんだろ。なかったら、誰も興味持たない」

「まあそう……ですよね」

「ウサギって、弱いよな。保育園で飼ってたウサギ、野良猫に襲われて死んだことがあったよ。角があれば猫なんかに負けないいんじゃないかな」

ヴォルペルティンガーには角も牙もある。ウサギに似ているけれど、きっとずっと強いに違いない。

「もしかしたら、そういう物語なんでしょうか。ウサギが強くなろうとする話、とか」

つき子の思いつきに、天地は「あっ」と声をあげた。

「そんな話、あったような気がする」

「本当ですか？」

「さわりだけ、聞いたことが……。いや、読んだのかな。童話？　なんて読む機会ないし、何だったんだろ」

　天地は腕組みして考え込む。

「そうだ、ノートだ。つき子が店の中を片付けてたとき、使いかけのノートがあったんだ。中に書いてあった文章が、ウサギが出てきて、童話みたいだと思ったんだけど、中古品なら誰かが何か書きかけでも不思議はないから、そのまま放り出してた」

　あ、とつき子も思い出す。

「もしかしたらそのノート、わたしも見たものかも。表紙に、角と羽のある動物の絵が描いてあったんです」

　角ウサギの物語を書いたノートだったのだ。

「それ、河嶋さんが書いた、なんてことはないでしょうか」

　天地も同じことを考えたに違いない。つき子を見て深く頷く。

「確かめてみよう」

私は野ウサギです。いえ、もうウサギではないのかもしれません。ですから、かつてはウサギだったと言っておきましょう。

広い森の中で、私は暮らしていました。ひとりきりでしたが、とても自由で、思うままに森の中をはね回り、岩の隙間や木の根の陰をすみかに、木や草をかじり、縄張りを守る日々でした。

しかし常に、私は臆病なほど周囲に神経をとがらせていなければなりませんでした。それというのも、いつどこで、どんな敵が現れるかわからないからです。下草と落ち葉に隠れて眠ることができるのもつかの間、一歩外へ出れば、森の中は危険に満ちあふれていました。

狐や鷲《わし》が私の動きに目を光らせています。油断をしたら、あっと言う間に襲われてしまうでしょう。幸い私には、長い耳と速い足があり、森の中の小さな音を聞きつけると同時に、素早く逃れることができます。けれど、逃げることしかできません。敵に追いつかれたら終わりです。毎日、とても慎重に生きていました。

そんなある日、私は猟犬に見つかってしまいました。あの忌々しい連中に追われ、必死になって逃げました。匂いを嗅ぎつけられないよう注意しながら、ようやく逃げおおせて安堵したとき、草の中に仕掛けられた罠《わな》が、私に牙をむいたのです。

足をはさまれて、私は動けなくなってしまいました。間もなく日が暮れましたが、明日になれば人間がやってくるでしょう。その前に、狐に見つかれば食べられてしまいます。

絶望して、私は月を見上げました。まるい月が、木々の隙間から覗いていました。思えば私の友は、いつでも月だけでした。見上げるとそこにいて、〝やあ、また会ったね〟と言ってくれるのです。それだけの関係でしたが、私をじっと見下ろしながらも、警戒心をいだかせない存在はそれだけだったのです。

「なあ、月よ。助けてくれ」

「やあ、きみか。どうしたんだい？」

「罠にはまってしまったんだ。このままでは殺されてしまう」

「それは大変だ。けれど、私は遠すぎて、どうやってきみを助ければいいのか……」

空の高いところにいる月です。地上に手は届かないでしょう。

「ああ、そうだ、もしもきみのそばに、私の姿を映す水があるなら、それを舐《な》め取るといい。今夜は満月、私の力がいちばん強くなるときだ。今夜なら、きみにもその力を分け与えてやれるだろう」

私は周囲を見回しました。しかし、水たまりはありません。いつもなら、木の根のくぼみにたまった水を舐めるのですが、それもすぐそばにはなく、足をはさまれた私はほとんど動けませんでした。

そのとき私は、草の先についた雫《しずく》に目をとめました。それが、月の姿を小さく映して金色に輝いています。急いで首を伸ばし、舌も伸ばして、私はその水を舐め取りました。

急に、体中が熱くなったような気がしました。毛の先まで力がわくような、そんな感じです。両耳の間がむずむずしたかと思うと、鹿のような角が生えてくるのがわかりました。私自身の、地面に落ちた影がそんなふうに変化したからです。

私は硬い角で金属の罠をこじ開けました。そうしてやっと、逃れることができたのです。

角を得たそのときから、私は、狐もイタチも恐れることはなくなりました。大きな角に怖《お》じ気づいて、彼らのほうから逃げ出してしまうからです。しかし人間に忠実な猟犬は、まだまだしぶとく私を追い回す存在でした。

そこで私は、小さな体には有り余っていた月の力を使い、鋭い牙を手に入れました。牙で襲いかかると、さすがに猟犬も逃げ出していきました。

さらに私は、強くなりたいと願いました。まだ、私を脅かすものは存在します。空から突然舞い降りてくる鷲やフクロウです。

月の力を借りて、今度は翼を得た私は、自在に空を飛び回り、奴らも追い払いました。鷲には角も牙もないのですから、もはや私の敵ではなかったのです。そうして私は、森の中では他に恐れるもののない存在になりました。

しかしすでに、私は野ウサギではなくなってしまっている自分に気づきました。もともと自分の縄張りを持ち、他の野ウサギとは関わりなく暮らしながらも、美しい雌ウサギに恋をしたこともありましたが、もはやどんな雌ウサギも、私を怖がって近づいては来ないでしょう。

仲間たちと自分がまったく違う姿になってしまったことは、奇妙な淋しさをもたらします。私はもう、他の誰とも共有するものを持たない、たったひとりだけの生き物なのです。そう気づくと、どうしようもなく孤独でした。

いや、本当に私は唯一無二なのでしょうか。他にも、私のような生き物がいないとは限りません。仲間をさがそうと思い立ったその日、私は闇に紛れて森を出ました。

いつからか、私は夜にだけ行動するようになっていました。人に姿を見られないためです。見つけられると大騒ぎになってしまいます。しかし、私の姿を見ることができる人間が限られていることも、すでに知っていました。

ゆっくりと町の上を飛びながら、ときおり煙突に止まって周囲に耳をすませます。私と同じ羽音が聞こえてこないかと思ったのです。

寝静まった夜の町は、風の音しか聞こえません。通りにはもう馬車を走らせる者すらなく、家々のランプも消えて闇に包まれておりました。私は目を凝らしました。暗闇でも、私の目はよく見えます。そんな目がとらえたのは、下方の小さな窓辺でした。そこに、鹿に似た角がちらりと見えたのです。

急いで近づいていき、私は感嘆の声をあげました。いたのです！　私と同じ、ウサギの体に鹿の角を生やし、翼を持つ姿をしたものではありませんか。

話しかけようとしました。

しかしその、ガラスでできた目を見て、私は気づきました。これは私の仲間ではない。つくりものだと。

ヴォルペルティンガー、と人間たちには呼ばれている、私のようなものが何なのか、すでに私は理解していました。私はもう、現実の存在ではありません。いつか命が尽きるときは、立派な角やなめらかな毛皮を残すこともなく、霧のように消えてしまうでしょう。

だから、そこにあったものはつぎはぎの剝製にすぎませんでした。けれども私とそっくりな姿をしたものは、生きてはいなくても仲間のように思えたのです。鏡にも水面にも映らない私が、唯一この世に映し出された分身のようでした。

私は窓ガラスをすり抜け、剝製の前に立ちました。そうして、そっと剝製の中へ入ってみました。すると、心地のよい巣を見つけたかのような安堵感に満たされました。かつて野ウサギだったときに、私を心地よい眠りに導いてくれた草むらにも似た、あの感覚です。私はすっかり、剝製の入れ物が気に入りました。

何よりこの中にいれば、人を驚かせることなく、町の様子を眺められます。私は、剝製を自分の家であるかのように出入りしながら暮らしはじめました。人間の生活は眺めていてもおもしろく、飽きることはありません。剝製が買い取られ、別の町へ行くときは、もちろん私もついていきました。

各地を転々とし、やがて私は、はるかな異国へたどりつきました。とある蒐集《しゅうしゅう》家の部屋に飾られることになり、ずいぶん長いこと私も、剝製もそこにいましたが、蒐集家が死ぬと同時に、部屋の中にあった剝製や標本のすべてが処分されてしまいました。

剝製は乱暴に扱われ、翼が取れ、角も曲がってしまいましたが、それでも私はまだ、剝製から離れようとは思いませんでした。

長いこと近くにいればいるほど、愛着も執着もわき、もう自分の一部のようだったのです。だからか、剝製が傷つけば、私自身も傷を受けるかのようでした。翼を失ったときから、私も飛べなくなっていたのです。

それでもまだ、私は生きていました。骨董屋に引き取られた剝製が、大切にされていたからです。

骨董屋は、新しい看板を作るときに私をトレードマークに描き、店のいちばん目立つ場所に剝製を飾りました。

骨董を見に来る客は、私を見ても驚いたり恐れたりしませんでした。彼らは古いものに魂が宿るのは普通のことだと思っていて、何人かは私と親しく話すようにもなりました。

主人が死んだあと、私はその骨董屋を引き継ぐことにしました。ヴォルペルティンガーの骨董屋です。繁盛しているとはいえないものの、古くて魅力あるものに囲まれて、私と私の剝製は、心地よく、新たな暮らしをはじめたのです。

そんな私に、月が家族を運んできてくれました。満月の夜に現れたのですからきっと月の贈り物でしょう。

妻と、小さな男の子でした。男の子は淋しがりやでした。まだ小さすぎて、自分でも理由がわからないまま心にぽっかり開いた穴をかかえているようでしたが、彼は私の角を気に入り、私を慕い、すぐによく笑うようになりました。

長い間生きてきた私は、しだいに、月にもらった力が薄れつつあるのを感じていました。野ウサギだった遠い日に、月を映した雫を舐めたことをおぼえています。あのとき体中にみなぎった熱い力も、今はそよ風のようです。それでもまだ、角があります。この角で、地上の動物をうち負かすことはできるでしょう。

男の子のために、その子が気に入ってくれた角を大事にして、私はもうしばらく、強い生き物でいようと決めたのでした。

ノートを置いて、天地は顔を上げた。

「淋しがりや、か。そんなふうに見えてたのかな」

「違ったんですか？」

整理した店の中、ノートはすぐに見つかった。何冊かあって、どれも、ガラクタの物語を記述したものであるようだったが、角ウサギの話は、表紙にその絵が描いてあるものだった。

「テレビや映画とか見るだろ。おれはいつも、画面に〝おわり〟って文字が出てくるのが怖かったよ」

たいてい黒い画面に、〝おわり〟とだけあって、なおさら怖かったのだそうだ。

「母が話す物語は、いつも〝つづく〟だった。それが終わるとき、おれの、今の日常も終わるって予感してたのかもな」

自分の置かれた状況を知らなくても、子供心に不安を感じていたのだ。

「この話、ヴォルペルティンガーが河嶋さん自身みたいになってますよね」

「おとぎ話だからな」

「でも、店の看板にあるマーク」

玄関前のガラクタに紛れていた、ほうろうの看板に、店のロゴマークふうのものがあった。最初は妙な形だと思っていたが、ヴォルペルティンガーを知った今は、そのものだとわかる。

「あ、あのマーク、ヴォルペルティンガーなのか！」

今ごろ気づいたらしく、天地はひざを打った。

「知らなかったんですか？」

「変な模様だと思ってた」

「店とヴォルペルティンガーは、もともと縁があったんですよ」

「剝製も、看板みたいなものだったのかな」

だから河嶋が、自分とヴォルペルティンガーを重ねるのも自然なことだったのだ。

「角ウサギが強いって、教えてくれたのはあいつだったよ。角の生えたウサギを見たなら、角ウサギみたいに強くなれるって言ってた」

ウサギはか弱い動物だけれど、角ウサギは強い。角も牙もあるし誰にも負けない。そんなふうになれるよ、と。

ちゃぶ台には、ノートと鈴カステラと、お茶の入った湯飲みがある。お茶は少し冷めてしまった。入れ替えようかと思うけれど、天地は話を続けている。鈴カステラがあると、つき子はこの家にも天地にも歓迎されていると思える。

「ケンカに強くなれるんだろうと思ってたんだけど、そういう意味じゃなかったんだろうな」

だから、天地がふいに険しい表情になっても、苦しいことを思い出しているのだとわかっても、落ち着いていられた。

「母はさ、おれがヴォルペルティンガーをぬいぐるみみたいに持ち歩くのはどうかと思ってた。剝製って、死んだ動物だから、気味が悪かったんだろうな。だから、おれから取り上げようとしたんだろうか」

ハサミで切り裂こうとしていたという。でも、剝製が不気味だからという理由だけでは納得できない。

それに、天地が埋めたヴォルペルティンガーを、河嶋ができるかぎりの修理をして、埋め直した理由も気になる。

「河嶋さんは、いつか天地さんが本当のことを知ろうとすると思ったんですよね。それはこの、ヴォルペルティンガーのことを思い出すときだと考えていたはずなんです。だったら、この中にメモか何かがある……なんてことはないでしょうか」

「メモ？　剝製の中とか」

アクリルの箱は透明で、剝製の他に何か入っていればすぐにわかる。見えない場所といえば、剝製の中しかない。

「……それだと、ヴォルペルティンガーを壊してしまうことになりますよね。じゃあ違うか」

河嶋がノートに記した物語からするに、これ以上剝製を傷つけることは避けたいだろう。

「ノートの話、どうしてこの続きを書いてくれなかったんでしょう。このあとの、ヴォルペルティンガーの運命を知りたいのに」

そうだな、と天地は頰杖をつく。

左ページの半分くらいで文章は途切れている。あとは余白だ。その余白をじっと見ていたつき子は、何気なくページを一枚めくってみた。

「あっ」

新たな文字が現れる。文章が続いている。

「えっ、何だこれ？　終わりじゃなかったのか？」

「あとから書き足したみたいですよね。ペンの太さが変わってるから」

「……つまり、火事のあとに？」

「わかりませんけど」

ヴォルペルティンガーの話には続きがあったのだ。

読むかどうか、天地は少し迷ったのかもしれない。ノートから目をそらし、鈴カステラをひとつ口に入れた。

「ヴォルペルティンガーは、満月の夜に生まれる、って伝説なんだよな。つくりものの剝製なら、月の代わりに鈴カステラで元気になったりしないかな」

翼をなくし、力も失いつつあるというヴォルペルティンガーの物語、その行く末を案じるようにそう言って、天地はまた、ノートに目を落とした。


私の家族になった小さな男の子は、私とよく似ていました。ずっと昔の私にです。彼も強

いものにあこがれて、私の角を、自分の武器であるかのように、心のささえにしていました。遊具のある骨董店の前庭で、剝製を木の上に置いて、鉄棒の練習をしたり、近所の友達とグローブジャングルから飛び降りることを競い合ったりしていました。

そんなころ、男の子の母親のところへ、黒縁メガネの男が訪れました。男が来るたびに、母親は落ち着かなくなり、しくしくと泣いたり、荒れてものを壊したりするようになったのです。

男の子は母親を心配し、私の角を彼女に示して言いました。

「ヴォルペルティンガーは弱いウサギだったけど、こんなに強くなったんだよ。お母さんも、これが守ってくれるよ」

けれど母親はうつむいたままです。

「ぼくも、強くなるよ。お父さんは、ぼくがヴォルペルティンガーみたいになれるって言ったんだ」

母親は、はっとしたように顔を上げ、男の子をにらみました。

「違うわ。おまえはこんな、つぎはぎだらけのにせものじゃない」

男の子の手から、母親は剝製を乱暴に奪いました。

「こんなの、角も牙もほかの動物のをつけただけ。おまえがこんなのを持ってるから、悪いことが起きるのよ」

取り上げられまいと、男の子は抵抗しました。けれど母親は強引に奪い、彼に返そうとはしませんでした。

ヴォルペルティンガーの剝製は、店舗の二階へ運ばれました。物置部屋として、いろいろなガラクタ、いえ、古いものが、価値のあるものもないものも雑多に詰め込まれている場所です。

男の子から取り上げられてしまった私は、夜になるのを待って、男の子の夢の中へ忍び込みました。ときどきそうして、彼と遊ぶのが楽しみだったのです。しかしその日は、やはりというか、男の子はなかなか夢の中に現れませんでした。眠れなかったのでしょう。

雪が舞う寒い夜でした。ようやく男の子が眠りにつくころ、私は彼の夢の中を雪で真っ白に染めました。

私は、夢の中の生き物です、そのまま彼の夢の中へと滑り込みます。寒さを感じない夢の中では、雪はただ美しく、男の子はまるでそうすることが決まっているかのように、雪の上を走りました。私の姿を見つけると、ぱっと笑顔になり駆け寄ってきます。

「よかった、もう会えないかと思った」

私は彼の手を取り、バネのような後ろ足でジャンプしました。翼はなくても、屋根から屋根へと、男の子も一緒に飛び移りました。夢の中だから、彼も私と同じように、身軽になっていたのです。

そうして家々の屋根から、下方の白い風景を楽しみながら、私はたぶん、ヴォルペルティンガーの剝製が、物置部屋に隠されたことを話してしまったのです。

だから私は、とても後悔しています。彼に居場所を教えなければ、あんなことにならなかったのではないでしょうか。それとも彼は、母親が私をどこに隠したかくらい気づいていたでしょうか。……もしかしたら、気づいていたかもしれません。


男の子の母親は、数年前の満月の夜に、大きなトランクとベビーカーを引きずって現れました。ベビーカーの中で眠っていたのは、まだ言葉もおぼつかない小さな男の子でした。私の子だと彼女は言いました。

彼女が語った、最初の物語がそれでした。

トランクには、おそらく、たくさんの物語が詰まっていたのでしょう。私のもとへ現れたその日から、様々な物語を私は聞くことになりました。それは彼女が死ぬまで、トランクが空っぽになるまで続きました。

最後に、トランクの中に入っていたのは男の子です。彼の本当のことこそが、彼女が最後まで取っておいた物語だったのでしょうか。

それを話し終えたとき、物語が途切れたとき、シェヘラザードのように幸せを手に入れるのか、それとも何もかも失うのか、自分の運命は決まると思っていたのかもしれません。

なのに、最後の物語を話す決意をする前に、黒縁メガネの男が現れました。弁護士で、男の子の本当の父親の依頼を受け、彼を連れ戻そうとしていたのです。

母親はあせっていました。私はまだ何も知りませんでした。

ですから、火事の報《しら》せを聞いたときは、ただ驚き、店舗へ駆けつけようと走りました。煙が見えたときは、身の縮む思いでした。まだ消防車は来ておらず、私は建物の中へ駆け込みました。

二階の一室に、母親が座り込んでいました。火元はさらに奥のようでしたが、息苦しいほど煙がたちこめていました。

男の子のことを問うても、母親は首を横に振るばかりでしたが、彼女が手にしていた大きなハサミが私にただならぬ状況を予感させました。

彼女は、トランクに覆い被さるように身を伏せて、つぶやきました。

「もう、いいの。物語は終わってしまったんだから。魔法は解けてしまったの」

その目はどこかうつろでした。

「あなたも気づいたでしょう？　角のウサギと同じよ。つぎはぎだらけ。つぎはぎだらけの幸せだった。あの子も……」

トランクの中から、かすかな声が聞こえます。

助けて、おかあさん。

中にあの子がいるのかと、私は問いました。

「いいえ、誰もいないわ」

彼女はまた、首を横に振ります。トランクの中を確かめるため、彼女をどかそうとしましたが、しがみついて離れません。

「あの子は剝製をさがしに来たのよ。わたしが隠してたから。でもあの子は、わたしが剝製を切り裂いているのを見て怖くなって、どこかに隠れてしまったの」

その中だよ。

「ううん、ここは空っぽよ。あなたに語るべき物語が消えてしまったから。だから、わたしはもう、ひとりぼっち。あの子もわたしを嫌って姿を消した。だからここで……」

私は、力任せに彼女を引き起こしました。

終わってなんかない。きみが語るのをやめても、私たちの物語は私が続ける。

またかすかに、男の子の声が聞こえました。はっとしたように、母親は体を起こしました。

我に返ったのか、男の子の名を呼びながら、トランクの蓋を開けようとします。しっかり締められたベルトは、彼女がそうしたのでしょうけれど、はずそうとあせるほどうまくいきません。

奥の部屋から、ふすまを焼き尽くした炎がこちらへなだれ込もうとしていました。

時間がないと思った私は、彼女を立たせ、トランクを持ち上げました。そうして階段へと急ぎます。

男の子が入ったトランクに、私は気を取られていました。私の腕をつかんでいたはずの彼女が、いつその手を離したのか、記憶にはありません。角ウサギ、壊してごめんなさいなどと、いろいろつぶやきながらそばにいたはずなのに、いつのまにかいなくなっていたのです。

トランクごと男の子を運び出したとき、消防車が到着しました。蓋を開けると、ぐったりした男の子がいて、あわただしく救急車に乗せられました。

母親の姿が見あたらないことに、私が気づいたのはそのときでした。もういちど家の中へ戻ろうとしましたが、消防隊員に止められました。そのとき、グローブジャングルのそばに剝製が落ちているのに気づきました。煤でよごれたそれは、たった今まで火のそばにあったに違いありません。

彼女は、男の子のために剝製を取りに戻ったのです。炎が広がる家の中をさがしまわったに違いありませんでした。しかし逃げ遅れ、窓からこれだけを投げ捨てたのでしょう。

窓から噴き出す黒い煙と炎を、私は呆然と眺めました。

彼女の精神状態に、もっと注意を払うべきだったと悔やみました。

結局私は、誰も救えませんでした。男の子も、本当の意味では救えなかった。私は救急車の中の彼に、ぼろぼろになったヴォルペルティンガーを持たせました。もはやそれだけが、彼を守ってくれるような気がしたからです。

今も私は、強い後悔にとらわれています。しかし私以上に、男の子の悲しみは深いものだったでしょう。

今も、きっとつらいままです。


彼女の物語は、その死により男の子の真実を明らかにして終わりました。けれど、男の子の物語は続いています。私の息子でなくなっても、ひとりぼっちになってしまっても続いています。だから私も、語り続けなければなりません。いつか彼が、自分の物語を知りたいと思ったとき、語り手がいなければ問うこともできないでしょう。

彼は煙を吸ったものの軽傷でしたが、病院を抜け出し、焼けた建物の前庭に、ぼろぼろになった剝製を埋めました。そうしながら、彼が願うのを私は聞きました。

もういちど魔法をかけてと。

ここでずっと暮らせるように、魔法をかけて。お父さんがお母さんを許してくれるように。

ぼくがにせものでも許してくれるように。

男の子は、自分のせいで母親が死んだのだと感じていたのでしょう。自分がにせものだったからだと、だから、母親が火をつけたのではないかとも疑っていました。自分を道連れにしようとしたのではないかと感じていたのです。

にせものの自分が消えれば、母親は死ななかったのではないかと思い、助け出した私を責めたこともありました。

でもそれは、違う、とはっきり言っておきましょう。すべては不幸な事故でした。誰も悪くないし、母親もただ、男の子を守りたかった。それだけです。

私はヴォルペルティンガーです。力を失いつつあるとはいえ、まだ角はあります。最後の魔法を男の子のために使えるでしょうか。

いつか彼が、もういちど私のことを思い出してくれるなら、彼を迎えに行きましょう。願いをかなえるために。

それから数日後、天地から電話があり、つき子は児童公園へ呼び出された。

なんとなく予感はしていたけれど、黒いスーツを着た天地が黒いネクタイで現れたときには、どきりとして、足の力が抜けるのを感じていた。ベンチに腰掛けたまま、つき子は立ち上がれなかった。

「来てくれてありがとう」

天地はそう言った。アクリルケースに入ったヴォルペルティンガーの剝製を、小脇にかかえていた。

「どんぐり園の園長とおれだけで見送った。身内ももういないんだってさ。知らなかったけど」

つき子の隣に腰をおろし、アクリルケースを足元に置く。そうしながら、天地は言う。

「ノートを読んだとき、おれ、火事が事故だったってことにはさほど驚かなかった。母が火をつけたと思ってたし、その責任はオヤジにあると彼を憎んでたけど、どこかで違うような気がしてたんだと思う。それより、自分が剝製を埋めた理由、思い出してしまって。ちょっと、混乱したよ」

　あの家で暮らしたいと願ったことだ。河嶋のノートにはそう書いてあった。

「剝製、ぼろぼろになってしまったから、もう願いはかなわないと思ってた。願ってみながらも、無駄だと思って、角ウサギは死んでしまったと思って埋めたんだ。でも、二十年経ってもまだ生きていた。ぼろぼろなのは確かだけど、腐ってなくなってるでもなく、縫い直されて出てきたから……」

　願い事はどうなるのだろう。

「河嶋さんが、天地さんのお母さんを見捨てたと、まだ思ってます？」

「ノートにあった通りさ。オヤジはおれの心の中もわかってた。本当は、おれが何より許せなかったのは自分で、そんな感情をどうしていいかわからなかっただけなんだ」

　暗くなりはじめた空を、天地はじっと見ていた。

「……母は、卑怯《ひきょう》な人だよ。やさしい母という思い出しかないまま死んでしまったから、おれには憎めなかった。一方で河嶋のオヤジは、火事を機におれを見捨てて施設へ送り込んだ。当時はそう思ってたから、自分への憤りをあの人に向けたんだ。あの人が、おれを引き取ることはできないかと奔走したのはあとになって知ったけど、法的なことや、いろいろあって無理だった。何よりおれ自身も拒否してたからな」

母親とは養子関係があったのだろうけれど、河嶋は母親と結婚していなかったため、天地は赤の他人だった。

「おれたちは親子じゃない。あの人はだまされただけで、何も悪くない。本当なら、母やおれをうらむべきだ。だから、同情されたくなかったし、突っぱねてきた」

そうやって彼は、ヴォルペルティンガーに願った自分の本心を隠して、忘れてしまおうとしたに違いない。

けれど、河嶋骨董店に姿を見せるようになった天地は、ただいやがらせでそうしたわけではない。河嶋が邪険にしてくれればと思っていたとしても、単にここへ来たかっただけではないだろうか。そうして河嶋は、無条件に彼を受け入れていた。それが、親子の関係でなくて何なのだろう。

「ヴォルペルティンガーの魔法が残ってるって、ノートにありましたよね。河嶋さんは、天地さんが願ったことをかなえたいと思っていたんです」

天地は大きく頭を振った。

「魔法？　使えるなら使って目を覚ませばよかったんだ！　自分のために使えよ！」

静かな公園に声は響き渡った。悔しさにこもる愛情は、傷口ににじむ血のように痛々しい。つき子は、意識するよりも先に動いていた。天地の手を握る。つき子の中指には、トワエモアの指輪がぼんやりと光を帯びていて、天地はそれを見つめながら、落ち着きをとり戻していく。彼はつき子の手を握り返し深く息をついた。

「なあ、虫の知らせってあるんだな」

「あったんですか？」

「夢を見たんだ」

「河嶋さんが、夢枕に？」

「ヴォルペルティンガーの夢。あいつが書いた物語のせいだよ」

それから彼は、つき子と手をつないだまま、夢の話をした。

「雪の中を、おれはヴォルペルティンガーと一緒に飛んでいた。そいつは羽がもげてなくて、ちゃんと羽ばたいて飛んでたよ。家々の屋根の上を、積もる雪に足跡を付けることなく飛んでいくと、青いグローブジャングルが見えた。白い中、それだけは青くて目立っていて、目印にするようにヴォルペルティンガーは舞い降りていった。

気がつくと、グローブジャングルのそばに、おれと河嶋のオヤジが立っていて、雪にはしっかり足跡が付いた。目の前に、昔の店が建っていた。焼けてなくなったはずの建物だ。窓辺から光が漏れていて、母が中にいるんだと思った。上の、天窓のところがまるいんだ。そこも明るくて、まるで月みたいだった。グローブジャングルの地球儀と月だ。天窓があったこと、すっかり忘れてたけど、この場所で母は、地球儀を照らす月になれていたのかもしれない」

そこに建物があるかのように、天地は天窓の高さを見上げる。つき子も見上げ、光が漏れるまるい天窓を思い描く。

「こんなふうに見上げていると、雪の中に、白い羽がまじって舞っていた。ヴォルペルティンガーの姿はどこにもなかった。代わりに、戸口へ向かって歩き出すオヤジがいた。促すように、少しおれのほうを振り返るから、おれも歩き出した。……そこで、目が覚めたんだ。おれは中へ入れたんだろうか。もしかしたらおれだけ入れなくて、オヤジも向こう側へ行ってしまったってことなのかなと思ったら、目覚めたとき胸騒ぎがして、居ても立ってもいられなくなったんだ」

河嶋が、別れを告げに来たのだろうか。けれどつき子は、雪のような羽毛だけを残して消えていったヴォルペルティンガーのことを考えた。

「それが、魔法だったんじゃないでしょうか」

最後の力を使い果たした魔法だ。天地が家に戻れるよう、迎えに来るという魔法だったのではないか。

「悲しい事故があったけど、それは三人で暮らした日々を否定するものじゃないはずなんです。そう伝えたくて、河嶋さんは物語を残したんです。もし物語が、天地さんの心に残って、そんな夢を見たなら、それが天地さんを迎えに来たヴォルペルティンガーの魔法なんです。……きっと」

「夢は、オヤジの物語の続きか？」

「はい」

「……そういう考えかたもあるか」

天地は顔を上げて、少しだけ口元をゆるめた。

アクリルケースの中の剝製も、ゆがんだ表情がどこか笑っているみたいだった。

「オヤジの物語は、不思議だったな。現実とは違うのに現実と共振して、重なって、現実を変えるかのようだった。椅子が梨香の友達になれるだなんて、ばかばかしいと思ったけど、実際そういうことになったんだよな。あのときおれは、母の作り話も、おれを存在しないはずの息子に仕立てたことも、無意味な作り話じゃないのかもしれないと、ふと思ったんだ」

星が瞬きはじめた空を見上げながら、天地は言う。

「オヤジは、そういうことをしようとして、ガラクタを売ってたのか？　おれにはよくわからなかった。でも、つき子は最初から、あいつのやってることがわかったんだよな」

わかっていたというよりは、ただ惹かれていた。つき子自身も、ありふれていて価値もないガラクタみたいなものだったから。

にせものでもガラクタでも、それは自分だけの物語を持っている。そんな河嶋の物語に惹かれた。もの自身に、もしも心があるなら、にせものだから価値がないなんて思わないだろう。

ガラクタの山に埋もれた自分もガラクタ。だけど、誇りを持ってブロカントだと言おう。欠けたところも、傷も、自分だけにしかないしるし。だまされたり助けられたりしながらもまれて、新たな輝きや魅力を得たブロカントだ。

「なあ、鈴カステラ、買いに行かないか？」

空を見上げて物思いに耽っていたつき子は、急に耳元で声がしてびっくりした。天地も物思いに耽っているものと思っていたのに、つき子を間近で覗き込んでいた。

「つき子を見てると、なんだか食べたくなる」

どういう意味かと思いながらも、手を引かれて立ち上がる。ベンチの足元に置かれたままの、ヴォルペルティンガーはやっぱり微笑んでいる。

「その剝製、どうするんですか？」

「埋めるよ。こいつだっていいかげん、土に還《かえ》りたいだろうから」

天地はもう、角がなくても平気なくらい、強くなれたのだろう。

満月の日に生まれた、あるヴォルペルティンガーの物語は終わった。そしてまた、別の物語がはじまるのだ。

数え切れないブロカントが、語られるのを待っているから。

解説

吉田大助

今となってはだいぶ落ち着いてきたものの、世間を席巻した「断捨離」や「ミニマリズム」や「片づけの魔法」といった一連のブームが、右へならえで捨てるべき物の筆頭に挙げてきたのは、本だった（『人生がときめく片づけの魔法』には〝この本も、読んだら捨てろ〟と書いてある）。だが、本を捨てるということは、想像力のスイッチを捨てることだ。

読み終えた本を書棚に差しておく意義は、自分はこんなに読んだんだという自己満足のためでもなければ、いつか再び頭からお尻まで丁寧に読み返すため、でもないのだ。並んだ本の背表紙やぱらっと開いたページの一文から、読んだ当時の記憶や自分の心境を蘇《よみがえ》らせたり、読んだ時には思いも付かなかったイメージを発動させる、想像力のスイッチにするためにある。だからまだ読んでいない本も堂々と、書棚にどんどん差していくべきだ。大げさに言ってしまえば、本は「読む」ことではなく、「在る」ことに意義がある。

それって、本以外でも同じではないだろうか。物は「使う」ためではなく、「在る」こと、それ自体に意義がある。「使えるか・使えないか」の判断だけで物を捨ててしまうことは、ちょっと怖い。「使えない」けれど身の回りに「在る」ものが、日常生活を刺激する、想像力のスイッチになるかもしれないのだから。そんなことを、『がらくた屋と月の夜話』を読みながらずっと考えていた。自分の「居場所」はどこにあるのか、心の中をずっと探りながら。

本書は、コバルト文庫出身でライトノベル・シーンにおいて長らく活動してきた谷瑞恵が、一般文芸（単行本）で発表した作品の文庫版に当たる。一話ごとに起承転結の物語の快感を実現しながら、背景に横たわる謎が先へ進むにつれて少しずつ解き明かされていく、全六話の連作短編集だ。

主人公は、一人暮らしをしている二〇代後半の事務系ＯＬ、山本つき子。ある夜、ふと迷い込んだ住宅街の児童公園で、革製の大きなトランクを広げる老人と出会う。トランクの中には「ゴミ」がいっぱい詰まっていたように思えたが、すべて「売り物」だと老人は言う。不思議な縁の歯車が回り出し、つき子は会社の仕事が終わると、まるでゴミ屋敷のような彼の家の荷物整理を手伝うようになる。作業が一段落したところで、老人は児童公園へ繰り出し、街灯の下でトランクを広げる。「ガラクタ屋」の開店だ。

お客さんが集まって来るよう、サクラを演じさせられているつき子に向かい「聞こえますか？」と老人は言う。「ものたちの語る言葉が」。「聞こえるんですよ。月の明るい夜は、これらが語り出す。私は、静かに耳をすますんです。きちんと聞き取ってやらないとね。だいじな売り物ですから」。

他の人にはガラクタにしか見えないモノも、誰かにとっては、宝物のように見える。そんな思いでトランクから拾い上げた人がいたならば、そのモノが語る物語を、老人は語り部となって披露する。

「わたしは、トーマス・クック社のタイムテーブルです」

「私は、メヘレンという町で生まれたレースです」

「私は、ある小さな教会で使われていたチャーチチェアです」

文字通り「モノが語る」物語は、買い手の現実と、不思議なくらいシンクロしている。そして、彼らはモノの物語への感情移入を通して、自分が胸に抱えている悩みや不安と真正面から向き合い、問題解決への糸口を見出《みいだ》していく。本作をあえてジャンル分けするならば、〝憑《つ》き物落とし系ミステリ〟になるだろう。

素《す》の自分を知ることって実は、とても難しい。自分というものに対しては、誰よりも自分自身が甘くなるからだ。だったら他人を見つめて、その中に自分のかけらを見つけるほうが、自分を知る近道だ。古今東西、人々はそのようにして、物語を楽しんできた。この本の中には、物語の初期衝動がめいっぱい詰め込まれている。

不器用すぎるつき子（両親から「つきがあるように」という願いを込めて付けられた名前だったが、自他共に認める「ついてない」人生の送り主）と、ガラクタ屋の老人——河嶋の息子・弓原天地との間の、ゆっくり進展するラブストーリーも心地いい。河嶋はなぜ児童公園で真夜中に露店を開いているのか、天地のことを「息子」とはっきり呼ぶことができない理由とは、モノが語る物語はどこからやって来るのか？　序盤から目の前にあった謎が解かれ、すべてが結び付いていった時、この物語の真の姿が明かされる。これは叶《かな》わなかった、告げられなかった愛を巡る、せつない物語だ。けれど、愛とは何かを報《しら》せてくれる、美しい物語だ。

ところで。

本作には明確に、血縁関係を結んだ幾つかの物語が存在する。まずは、作中でも言及されている『千夜一夜物語』。そして、著者の代表作『思い出のとき修理します』シリーズ（全四巻／集英社文庫）だ。こちらの主人公は優秀な時計屋でありながらなんでも屋で、街の人人から持ち込まれた依頼をクリアしていく。本シリーズの真髄は、第一巻ラストに刻み込まれている。〈過去は変えられない。でも、修復することはできる。自分の一部だと認めて、大事にしたいと思うなら〉。この一文が意味しているのは、過去を捨てる、という単純明快な選択の危うさだ。捨てるのではなく、心の棚の隅っこにとっておく。いつの日か取り出して、見つめ直して、価値を認めるために。そう、本書に登場する特別な輝きを秘めたガラクタ達のように。

だが、他の物語にはないオリジナリティが、本作にはある。先ほど採り上げた「モノが語る物語」の数々だ。その内容を改めて、見つめ直してみよう。すると、ある共通点に気付く。モノ達が語るのは、自分を生み出してくれた、あるいは自分を使ってくれた、持ち主の人生の物語だ。彼らに手放されたから今、ここにある。そして今、新しい持ち主の元へと旅立とうとしている。モノ達が語っているのは、二重三重に織りなされた「居場所」を巡る物語なのだ。その「場所」は、具体的な地名や建物を意味しない。ずっと一緒に「居」たいと思う人がいる「場所」、そここそが「居場所」。

そうした物語を聞き届けたからこそ、新しい持ち主となった人々は、自分の心を回復に向かわせることができた。厳しい現実や、今までに培ってきた価値観の中で目を曇らせてしまったけれど、一番大事なことは己の「居場所」を知り、そこに居続けたいと思うことなのだと、物語を通して気付くことができたのだ。その気付きはもしかしたら、時間と共に薄れていってしまうかもしれない。その時は、自分の部屋の棚に飾ってある、ガラクタ屋から買ったモノを手に取ればいい。いや、視界に入れるだけでも十分だ。その瞬間、ガラクタ屋から聞いた物語がふっと蘇り、「居場所」への問いかけをもたらしてくれるはずだから。

冒頭に記したことを、もう一度書こう。モノとは、かつての記憶を蘇らせる、思い出のスイッチだ。そして、日常生活を刺激する、想像力のスイッチだ。『がらくた屋と月の夜話』は、魅惑的な物語を通してその真実を教えてくれる。そして全六篇を読み終えたならば、必ず。この本自体が、そのスイッチになる。

――ライター

この作品は二〇一五年七月小社より刊行されたものです。

がらくた屋《や》と月《つき》の夜話《やわ》

谷瑞恵《たにみずえ》

平成29年11月10日　初版発行

発行人——石原正康
編集人——袖山満一子
発行所——株式会社幻冬舎
〒151-0051東京都渋谷区千駄ヶ谷4-9-7
電話　03(5411)6222(営業)
　　　03(5411)6211(編集)
振替00120-8-767643
印刷・製本—図書印刷株式会社
装丁者——高橋雅之

幻冬舎文庫

ISBN978-4-344-42669-6　C0193　た-61-1

幻冬舎ホームページアドレス　http://www.gentosha.co.jp/
この本に関するご意見・ご感想をメールでお寄せいただく場合は、
comment@gentosha.co.jpまで。